# Meus sertões de você

CB012527

Alice Betânia Miranda

# Meus sertões de você

Copyright © 2024 Alice Betânia Miranda
*Meus sertões de você* © Editora Reformatório

Editor:
Marcelo Nocelli

Revisão:
Natália Souza
Marcelo Nocelli

Design, editoração eletrônica:
Karina Tenório

Capa:
Renato Salzano

Dados Internacionais de Catalogação na Publicação (CIP)
Bibliotecária Juliana Farias Motta CRB7/5880

---

Miranda, Alice Betânia
Meus sertões de você / Alice Betânia Miranda. – São Paulo:
Reformatório, 2024.
128 p.: il.; 14x21 cm.

ISBN: 978-85-66887-88-4

1. Romance brasileiro. I. Título .
M672m CDD B869.3

---

Índice para catálogo sistemático:
1. Romance brasileiro

Todos os direitos desta edição reservados à:

Editora Reformatório
www.reformatorio.com.br

*Às minhas primas. TODAS ELAS,*
*por fazerem de seus sertões terra fértil.*

# Os retalhos de uma história

Nesta quase carta ou quase conversa, entramos pelos sertões de Isabel, a personagem que nos leva em suas palavras e rendas. Sertões derramados gota a gota, bordados ponto a ponto, costurados retalho por retalho na colcha da narrativa.

A perda de uma mãe desencadeia um encontro, a realização de desejos adormecidos, um amor, um descortinar de novos mundos. Mas a busca é mais profunda, escondida por dentro da costura: é a própria identidade da protagonista.

Ao final, a colcha de retalhos da história de Isabel está pronta em nossa mente. Estendida, se revela inteira, com suas pequenas partes completando uma à outra. Ela nos faz refletir sobre os mistérios dentro da própria história de vida de cada um de nós.

*Yara Fers*

# 1

Quanta atrocidade é feita em nome do amor, minha querida. Depois que entendi essa premissa, venho enfrentando a insônia na unha, ela ganha na maioria das noites e eu finjo não me importar. Hoje, logo que o dia clareou, peguei minha almofada e fui fazer minha renda na praça em frente aqui de casa. Precisava de ar, porque agora, até respirar dói.

Concentrada, ali nos meus pontos, não percebi a estranha se aproximar. Só senti sua presença quando o volume do seu corpo e o seu cheiro ocuparam o vazio ao meu lado. Levantei assustada, quis ir embora, mas seus olhos imploraram que eu ficasse. Voltei ao banco e à renda em silêncio e ela começou a falar. Não precisava de mais nada.

Contou-me sobre seu amor e tudo que veio junto com ele, seus enganos, suas dores, suas lutas, suas perdas. Ela chorou, eu chorei com ela, por ela e por mim, sem parar o que estava fazendo. Seu enredo, suas lágrimas, sua carne ferida entranharam na minha renda de um jeito que nada mais ficou no lugar.

Depois de poucos minutos, ela respirou fundo, limpou o pranto, agradeceu a escuta e o meu silêncio, e se foi. Atravessou a praça, alcançou a próxima calçada, a outra, a outra e depois cruzou a esquina. Fiquei esperando o que vinha depois dela. Não veio nada. O nada da existência.

O vento batia fraco no meu rosto.

As folhas caíam das árvores ensaiando uma dança livre no ar.

A estranha soltou seu sofrimento pro mundo e um pouco de sua dor ficou ali, dançando com as folhas, suspensa naquele lugar, encarnada na minha renda, presa em mim. Isso renovou suas forças e ela recuperou o fôlego para simplesmente seguir, já que a cura para alguns males, Sara, é uma travessia bem mais difícil.

Como eu queria deixar minha dor aqui, dançando com a dor daquela estranha. Derramar gota por gota, espremer até secar. Secar até virar sertão.

Talvez assim, eu consiga seguir também. Mas como te explicar com palavras o que estou sentindo e os últimos acontecimentos? Foram segredos tão bem guardados, que hoje ninguém mais quer saber, mas eu preciso te falar. E te contando tudo, talvez eu ainda descubra coisas muito bem escondidas que passaram despercebidas no calor dos acontecimentos. Sei que dará um jeito de me ajudar de alguma maneira, porque o tempo devorou quase todas as minhas certezas, todas as minhas raízes ficaram expostas, todos mentiram. Mas a intuição de que nossa conexão é infinita ficou.

# 2

*São Paulo, 10 de Janeiro de 1980.*

Prezada senhorita Isabel,

É com muito pesar que informo o falecimento da sua mãe, Otília Gonçalves dos Santos.

O fato ocorreu nesta manhã de 10 de janeiro, sem que nós nada pudéssemos fazer. Ela será enterrada com todas as honras de uma pessoa muito querida, que nos prestou um excelente trabalho e nós sentiremos muito a sua falta.

Atenciosamente

*José Roberto Carvalho*

# 3

Quando te vi, te odiei um pouco mais. Um ódio arraigado que só senti por você. Tanto ódio não se dissipa no vento ou com o tempo se transforma.

Primeiro veio a notícia da morte repentina de minha mãe, que eu não via há mais de dois anos. Então veio um desprezo pela minha própria vida, depois por todas as outras. Por último veio você pálida, magra, culpada e com uma mala na mão.

Você começou explicando que ela estava servindo o café da manhã pra você e seu irmão quando, de repente, apoiou os braços na mesa com a cabeça baixa, deu um suspiro e caiu morta, roxa. Infarto fulminante! Aquela resenha esmiuçada de tudo que aconteceu foi como se a notícia acabasse de chegar. Eu achei que meu coração também fosse parar, uma dor profunda me invadiu sem que eu pudesse nada fazer, apertou meus nervos, mastigando meu entendimento, aprisionando minhas lágrimas, impedindo que o ar entrasse e saísse como de costume. Senti uma pressão na nuca que vinha até os olhos. Eu vagava entre dimensões, totalmente perdida. Foi quando tudo transbordou. Comecei a gritar com uma espuma explodindo pela boca, dizendo que você e sua família tinham escravizado e matado minha mãe. Que você a tinha roubado de mim, comprado seu amor. Que você, somente você, era a única culpada pela sua morte. Avancei em você babando, com olhos furiosos e amedrontados, feito animal envenenado diante da morte. Você não reagiu, me encarou como se encara um espelho, como se estivesse diante da própria dor.

Eu sempre tive muito ciúme de você. Tinha medo de que minha mãe te colocasse no meu lugar, porque ela não pôde ficar comigo. Ela não tinha culpa de sermos miseráveis e de precisar trabalhar longe para me sustentar. Mas sua família podia pagar para que ela cuidasse de você. Você, que era tudo que eu não era: linda, inteira, educada, órfã. Isso sim poderia tomar o coração sofrido e bom de minha mãe.

Muitas vezes, Sara, a vida termina mesmo antes da morte. Minha mãe aos vinte e um anos já tinha casado, me parido e enviuvado. Por isso, se viu obrigada a me deixar, a abandonar a terra que ela tanto amava, e partir para a cidade grande para trabalhar e conseguir nosso sustento. Ela era uma mulher encantadora e você e seu irmão a chamavam de Babá.

Ela acreditava no amor, sua capacidade de amar era enorme. Ela amou muito meu pai, dizia isso toda vez que vinha me ver. Dizia que eu era fruto de um amor de verdade, que meu pai era um homem muito bonito e que, apesar de bruto, era muito amoroso com ela. Eles viveram uma história de amor curta, mas com muita paixão. Toda vez que ela falava dele seu sorriso se iluminava, parecia uma menina faceira. Eles gostavam de dançar agarradinhos até clarear o dia. Quase não se falavam, era uma relação em que não cabiam palavras. O olhar dele era suficiente para o corpo dela acender. Tudo era dito com o olhar. Ele ficou muito feliz quando eu nasci.

Um ano. Ela sempre dizia: "em um ano pode acontecer muita coisa: eu o conheci, amei, pari e enviuvei... tudo num único ano". Ele saiu feliz pra caçar, e voltou morto carregado pelos companheiros. Minha mãe ficou devastada, sozinha com a criança no colo, aos vinte e um anos.

Ela seguiu para São Paulo com a promessa de um trabalho e me deixou com minha avó. O trabalho era você. Você e seu irmão. Você, seu irmão e seus pais. Você, seu irmão, seus pais e todo o resto. Ela sempre me disse, e também relatava nas cartas, que era um trabalho muito bom, que pagavam direitinho, que a tratavam como gente e que as crianças eram muito boazinhas. E que assim eu também poderia ter uma vida decente, apesar do defeito nas pernas deixado pela paralisia infantil. Eu fiquei aprisionada num corpo manco.

Naquele momento que te encarei com mil insultos, eu queria que você também olhasse bem nos meus olhos e me dissesse que a culpa não era sua, que tudo tinha sido uma fatalidade e que vocês fizeram tudo que era possível para salvá-la, que ela era muito querida e bem tratada por vocês. Mas você não disse nada, também sofria muito. Tive vontade de te bater, te bater tanto, até você trazer minha mãe de volta, te bater tanto até eu me libertar desse corpo e conseguir andar como todo mundo anda, te bater tanto até os céus mandarem chuva forte e molharem aquela terra seca, te bater tanto até aquela dor escapar do meu peito. Mas não fui capaz de fazer isso, até porque você era nobre demais, apanharia sem dizer uma palavra e eu me sentiria ainda pior.

Parei exausta diante da janela da sala, me apoiei no batente e fiquei olhando aquele dia maldito virar noite. Você se escorou num canto da parede, escorregou as costas até o corpo achar o chão, e um silêncio doloroso tomou conta de nós.

Você sempre deixou uma gastura no meu juízo. Eu sentia raiva, uma confusão danada. Ao mesmo tempo em que eu te queria longe, alguma coisa que eu nunca consegui explicar direito te puxava para perto.

Só no dia seguinte daquela fadiga toda é que você se achegou com aquela mala na mão. Foi aí que eu percebi como você era linda, mesmo tão magra e abatida. Branquinha com aqueles olhos graúdos, você trazia uma beleza na carne e uma leveza na alma que eu não sabia o que era. Assustava e aprisionava ao mesmo tempo.

# 4

Eu abri a mala sem conseguir firmar o pensamento em nada. Sua presença enchia todo o espaço. Sua voz mansa dizendo que desde sempre viu minha mãe preparando aquelas peças pra mim, doía e me deixava feliz ao mesmo tempo. Ainda me lembro das palavras que saíam da sua boca tentando amenizar a dor que latejava no meu peito:

— Ela criou essas peças com tanta devoção pra você... qualquer pedacinho de tecido que achava, lá ia ela cortar, bordar, alinhavar pra só depois costurar com aquele capricho todo. Ela falava esmero, né? Ela não deixou de pensar ou falar em você um único dia. Pode acreditar que cada ponto deste tem um pedacinho dela. Ela me fez prometer que se alguma coisa acontecesse a ela, essa mala chegaria até suas mãos... só por isso eu fiz questão de vir lhe entregar esse tesouro.

Fiquei parada com medo de abrir a mala, mas você insistiu, despertando a minha curiosidade:

— O meu xodó é a última peça do baú. Sempre quis essa colcha de retralhos pra mim! Acredita que pedi a ela várias vezes? E ela sempre me respondia: essa é para minha menina. Cada pedacinho de tecido nela tem uma história e eu me lembro de cada um deles que ela colocou aí. Tá vendo esse pedacinho rosa? Foi do vestido do meu batizado... A minha mãe comprou numa loja de tecidos franceses e pediu que uma modista costurasse. Quando fomos pegar o vestido, minha mãe pediu o resto do tecido para a Babá. Esse amarelinho foi da minha fantasia para o baile de carnaval da escola, uma festa horrorosa que eu levei um tombo e torci meu braço. Esse xadrez da minha festa junina, esse a própria Babá fez pra mim. Esse poá foi do baile de máscaras, a primeira festa que fui depois que minha mãe morreu, meu pai comprou em uma loja um vestido gigantesco que a Babá praticamente recriou para que eu usasse no tal baile. Ela levou dias naquela reconstrução, tudo para eu retomar aos poucos a vida social. Esse cinza tem uma história bem estranha e triste. Uma manhã qualquer enquanto saíamos para a escola com meu pai, a Babá nos acompanhou até o portão. Já estávamos de saída quando fomos surpreendidos por uma mulher maltrapilha pedindo um pedaço de pão. A Babá olhou para o meu pai pedindo autorização e ele, impiedoso, imediatamente ordenou que ela entrasse e ainda a repreendeu por dar confiança àquela mulher de rua. A mulher, envergonhada, nos deu as costas e se afastou com certa dificuldade. Quando retornamos ao meio-dia já no transporte escolar, a mulher estava caída na calçada e com algumas pessoas ao redor constatando sua morte. Entrei correndo para contar para Babá que a mulher tinha morrido. Ela desligou o fogo das panelas e foi até a morta, penalizada com a situação. Levou as mãos à cabeça num ato de desespero, como se a sua omissão e obediência ao meu pai tivessem sido responsáveis por aquela morte. Quando um vizinho reclamou que só retirariam o corpo dali a algumas horas, ela, convicta de que daria tempo, colocou meu irmão de vigia, para que a avisasse caso chegasse alguém para buscar a mulher. Com uma velocidade-fúria que eu nunca tinha visto, pegou um pedaço de tecido que meu pai mandaria para o alfaiate, estendeu na mesa, dobrou ao meio, fez um buraco para passar a cabeça da morta, cortou no comprimento, fechou dos lados deixando o espaço de maneira que os braços passassem, alinhavou e disse muito séria: "venha cá, Sara, a morta é maior que você muito pouca coisa, deixa eu ver como fica em você".

Ela me fez de manequim, acredita? Aquilo tudo era muito estranho para mim, mas não quis contrariar nem fazer perguntas. Ela se afastou uns dois passos, virou a cabeça de lado, franziu a testa como um sinal de aprovação, "acho que vai ficar bom". Tirou a peça do meu corpo com muito cuidado, sentou na máquina, costurou de maneira definitiva e caprichosa o alinhavo, fez uma bainha e uma faixa para a cintura e deu o acabamento no buraco da cabeça, que só depois ela me explicou que se chamava gola. Pegou uma toalha, abriu debaixo de uma torneira, torceu, pegou um vidro de álcool, uma vela e um fósforo e me chamou: "Vamos Sara, aprenda como se dá dignidade a um morto".

Não tenho noção de quanto tempo demoramos, mas quando chegamos de volta à rua, as pessoas haviam se multiplicado. Sobre a morta, páginas de jornal contavam o desaparecimento e morte de um jornalista e o resultado dos jogos de futebol do domingo. A Babá as tirou e começou a limpar a mulher com a toalha embebida em álcool. Limpou o rosto, os braços, até as axilas, tirou a camiseta suja, limpou o corpo protegendo e escondendo os seios, tirou a calça deixando a calcinha. Ela então colocou a peça cinza explicando: "Sara, essa vestimenta na minha terra se chama mortalha e todo ser humano merece uma mortalha para ser enterrado". Arrumou o cabelo da mulher, colocou a faixa na cintura, colocou uma mão entrelaçada a outra sobre a barriga e acendeu a vela. Foi nessa hora que sentimos a presença sombria do meu pai, que disse sem pensar: "O que a senhora pensa que está fazendo, Babá, na rua com as crianças diante desse corpo? Será que você enlouqueceu?".

Babá era um ser humano incrível. Seus olhos espelhavam seus pensamentos, que gritavam diante de uma injustiça ou de uma negligência. Tenho certeza absoluta de que ela pensou: "Deixa de ser besta, seu cabra, toma vergonha nessa sua cara limpa! Negou um pedaço de pão pra uma mulher que tava com a morte no calcanhar! Isso é coisa que se faça? A morte não escolhe ninguém pelo bolso não... E olhe só, não fala assim comigo não, mais respeito com a minha pessoa viu?". Mas não disse isso não, ela simplesmente virou o olhar bem devagar e foi a única vez que vi outra coisa em seus olhos que não fosse amor. E respondeu calma: "Tô dando dignidade pra uma morta que, pelo jeito, morreu com fome. E acendendo uma vela para que ela encontre luz no seu caminho. Se bem que acho que a escuridão tá aqui". Virou para mim e meu irmão e continuou: "Crianças, vamos rezar um pai nosso para essa pobre alma."

— O que o seu pai fez com essa atitude dela? — perguntei, ansiosa.

— Nada! Ele nem sabia que a gente sabia rezar o pai nosso. Nessa altura, ele já conhecia muito pouco da gente e perdeu a oportunidade de nos passar um bom exemplo e um pouco de orgulho. Virou as costas e foi para casa. Mas também tenho certeza de que foi embora pensando: "Que atrevimento! Pensa que está falando com quem?". Nós ficamos lá até um carro preto da prefeitura vir buscar o corpo da mulher. Nunca me esqueci daquele dia: da mulher, da vela iluminando sua passagem, das notícias do jornal, do mormaço, da mortalha e principalmente da Babá. Não foi sua solidariedade que me marcou naquele dia, essa eu já conhecia muito bem, mas seu olhar para meu pai. Naqueles poucos segundos, muita coisa foi dita sem uma única palavra. Ele também percebeu. E quando voltamos para casa, nenhuma palavra foi dita.

# 5

Depois de contar tantas histórias de minha mãe, você se debruçou na janela e quis saber de mim. Diante de uma vida tão farta de acontecimentos, o que eu poderia dizer de mim? Vivia ali desde que nasci... naquele lugar seco, com pessoas secas, aprisionada em um corpo manco. Nada de bom acontecia e não via nenhuma outra possibilidade de vida. Nunca tinha saído da região. Com uma perna menor que a outra, a minha vida se resumia aos afazeres de casa, em que eu era muito boa. Cuidava de tudo com muita perfeição, enquanto minha avó trabalhava na roça. Tudo que uma dona de casa fazia eu conseguia fazer: limpava, passava, lavava e cozinhava tão bem quanto minha mãe, como você mesma disse. E à tarde eu fazia minha renda, bordava panos de pratos, colchas e toalhas que minha avó vendia na cidade. Minha vida se resumia a isso. Pessoas como eu não andavam de bicicleta, não dançavam, não nadavam no rio, não corriam da chuva, não casavam, não tinham filhos. Com certeza eu nunca sairia daquele fim de mundo.

A única coisa de bom que tinha me acontecido na vida era ter aprendido a ler e escrever. Minha mãe pagou um primo que frequentou a escola para me ensinar. Mas depois, li tanto os livros que ela mandava que fiquei muito melhor que ele, contei essa parte com um pouco de despeito.

Enquanto eu falava com desprezo sobre a minha existência e sobre como passava os meus dias, você prestava uma atenção meticulosa, e depois comentou:

— Você se preocupa muito com o que não faz, tem que valorizar o que você faz... e isso não é pouca coisa.

Meu ódio quis voltar, embora não visse em seus olhos a pena ou desprezo que as pessoas costumavam demonstrar por mim.

Virei as costas e fui para cozinha preparar o de comer. Você permaneceu na janela olhando o relevo, senti que buscava respostas. Depois de algum tempo, você se aproximou e ficou em pé, enquanto eu arrumava a lenha no fogão, soprando as brasas para o fogo pegar.

— Minha mãe lhe disse que eu era aleijada? — perguntei e voltei a soprar violentamente as brasas quase mortas.

Buscava uma faísca para reacender o fogo. Evitei olhar pra você, encarei o fogo acender primeiro no bagaço seco de cana e lamber lentamente a lenha. Uma coisa comum que eu fazia desde muito pequena de repente me mostrou uma beleza e vi todas as cores daquelas labaredas nascendo. Você respondeu que não, entre o medo de me ferir e uma sinceridade que me assustava. Ninguém nunca me dizia verdades sem me machucar. Todos ou mentiam ou silenciavam diante de qualquer questionamento meu.

— Ela devia ter vergonha de uma filha aleijada.

— Não. Tenho certeza de que ela não queria que a vissem como você se vê. Ela tinha muito orgulho de você. Falava como você era linda, como era inteligente, que aprendeu a ler e escrever muito rápido, que devorava os livros que ela te mandava... falava que sua renda era maravilhosa. Ela viveu todos esses anos longe porque precisava sustentar você e sua avó de alguma maneira.

— Ela se acostumou com a distância porque tinha vocês, já eu sempre senti muito a sua ausência.

— Ela nunca substituiu você por nós. Ela sentia muito a sua falta, trazia sua foto do lado da cama dela, tudo que ganhava era para vocês. Você era a menina dela. Eu e meu irmão éramos o ganha pão dela. Essa missão só tomou uma outra proporção porque minha mãe morreu. Mas a filha dela sempre foi você e nós sabíamos disso. Acho que ela ficaria devastada se ouvisse você falar isso dela. Eu fico muito triste porque sei que não é verdade.

Agora me lembrei que foi bem nessa hora que Cosme entrou feito um boi bravo te insultando. Eu até queria ter te apresentado, mas ele já chegou com a cara amarrada, se mostrando insatisfeito com a sua visita. E sem rodeio ou consideração por mim, já foi lhe cobrando uma satisfação quanto à morte da minha mãe. Na verdade, o que ele queria saber era como as coisas ficariam dali pra frente, uma vez que minha mãe era quem nos sustentava, e esse sustentar muitas vezes se estendia a ele por alguns favores prestados, como me ensinar a ler e escrever.

A dor da perda foi tão grande que isso ainda não tinha passado pela minha cabeça, mas foi uma das primeiras coisas que ele pensou.

Cosme era filho de uma prima muito próxima de minha mãe que morreu quando ele nasceu. Ele foi criado na casa de parentes. Era um homem bonito, trabalhador, mas muito bruto no trato com as pessoas. Às vezes, quando ele falava, no lugar das palavras saía apenas um ruído parecido com o bufar de um animal bravo. Era bom com os números e pensava muito em dinheiro. Uma vez me disse que o homem só era visto pela sociedade depois de possuir alguma coisa. Que não ter posses era o mesmo que não existir. Só hoje, depois de tanto tempo, é que fui entender o que isso quer dizer.

Assim, ele foi logo te perguntando sobre indenização, se minha mãe tinha algum dinheiro guardado em algum banco de São Paulo. Se seu pai me pagaria alguma coisa. Para ele, a minha dor tinha um preço e poderia ser amenizada desde que fosse ressarcida, muito bem ressarcida.

Mas você não era nada boba e percebeu muito rápido o interesse dele em qualquer coisa que porventura eu recebesse. E então foi curta e grossa:

— Não, ela não tinha nenhum dinheiro guardado em banco, porque tudo que ela recebia ela enviava para a mãe e a Isabel. O meu pai tem todos os comprovantes dos pagamentos realizados a ela e eu estou aqui para entregar os pertences da Babá para a Isabel.

Você disse tudo isso muito séria, sempre olhando no olho dele, atitude que o incomodou bastante.

Aquela situação me deixou constrangida e enjoada. Eu deveria ter feito ele calar a boca, você ir embora, para eu definitivamente viver o meu luto, mas não consegui. As palavras vinham na minha ideia, dançavam na cabeça, mas não saíam pela minha boca. E, diante daquela pressão, você simplesmente o ignorou e pediu para eu mostrar a terra da Babá.

Eu não sei o que você via quando me olhava. Mas eu via o mundo em você.

# 6

Estava bordando o vestido de noiva de Dúnia. Você acredita que ela pretende casar com seu irmão com um vestido de renda renascença? Consegue imaginar aquela mulher despachada daquele jeito, correndo naquela moto para cima e para baixo, ouvindo aquelas músicas desesperadas, entrando na igreja com um vestido branco de renda renascença?

Eu avisei que as pessoas esperavam dela um vestido preto cheio de tachas, ilhoses e correntes, como as calças que ela costumava usar. Mas ela não suportava o óbvio, estava sempre na contramão de tudo. Por isso, essa escolha tão peculiar.

Ela vem se revelando uma grande amiga, o que também não era de se esperar. Vem me ajudando a encaixar as peças desse quebra-cabeça que minha vida se tornou. De vez em quando ela consegue me fazer rir.

Outro dia, contei a ela como você reagiu quando viu minhas rendas e meus bordados pela primeira vez. E ela, feito um trem desgovernado, logo me interrompeu dizendo:

— Aposto que a Sara abriu aqueles olhos fascinantes que faziam sua testa franzir e disse: "Isabel isso é uma obra de arte, essa combinação de cores traz uma harmonia impecável a esse entrelaçar de linhas, o acabamento dos pontos, causam um interesse visual perfeito!"

Disse isso tentando imitar o jeito que você fazia com as mãos. Mas você não disse nada. Apenas tocou cada peça, como se fosse algo muito precioso. Vi seus olhos derramarem. Quando isso acontecia, apenas o silêncio se fazia presente entre nós.

Saudades do seu silêncio...

E só depois de alguns longos minutos, você se virou e me disse:

— O mundo merece conhecer você e seu trabalho, você não pode ficar escondida aqui pra sempre. E seu primo tem razão, o meu pai precisa lhe pagar uma indenização pelos anos de trabalho da Babá.

Você era como aqueles livros difíceis de ler, mas eu aprendi muito rápido a desvendar você nas entrelinhas...

# 7

A leitura aguçava todos os meus sentidos e, pela primeira vez, estava diante de alguém que tinha lido quase as mesmas coisas que eu, pois muitos dos meus livros tinham sido seus. Era muito fácil quebrar o silêncio e discutir pontos de vista diferentes.

No seu terceiro dia lá em casa, você se ofereceu para me ajudar a cozinhar e eu, só de maldade, te dei a palma para descascar. Tirar todos os espinhos daquela palma exigia uma habilidade que você não tinha. Mas você me olhou, sabendo do meu propósito, e aceitou sem pestanejar.

Eu te mostrei como fazia e você tentou uma, duas, três vezes. Na quarta tentativa, eu, sem paciência, tentei pegar de volta, mas você não aceitou devolver. Se furou várias vezes antes de pegar o jeito. Você também era bem tinhosa e queria me mostrar isso de alguma forma.

Quebrei sua concentração perguntando se você achava que a Capitu tinha traído o Bentinho.

Você respondeu que não muito rápido, e sem parar o que estava fazendo.

— Uma pena, porque um homem como ele merecia ser traído. — completou.

Aquela resposta me arrancou um sorriso discreto. O primeiro para para você. E você continuou:

— Não acho essa questão tão relevante, a parte do livro que mais me tocou foi outra.

— Qual?

— Um parágrafo onde ele expõe a única função de um primeiro amor, lembra? Abrir as portas para os próximos amores. Eu gosto demais dessa observação. Me libertei de um amor platônico da adolescência quando li isso.

— E você viveu muitos outros amores? — perguntei, muito curiosa.

— Alguns! — você confessou, enigmática.

Quando você disse alguns, perdi o interesse por Dom Casmurro, que eu sabia o início, meio e fim. Quis saber mesmo dos seus amores reais, das suas histórias guardadas e inventei logo um jogo de troca de segredos.

— Vamos jogar troca de segredos?

— Como assim?

— Eu te conto um segredo meu e você me conta um seu.

— Eu não tenho nenhum grande segredo.

— Então conta um pequeno. Com certeza, pra mim, será grande.

Você me olhou, também sorriu e me desafiou:

— Começa você então.

Fiquei constrangida e quieta por algum tempo, enquanto você arrancava mais um espinho do dedo. Mas achei que não podia recuar, afinal a provocação tinha sido minha. E comecei contanto meu maior e único segredo do início:

— Minha avó me criou dizendo palavras brutas, sem melindres, muitas vezes ditas uma única vez e quase sem me olhar. Um dia me disse sem nenhuma compaixão que eu tirasse casamento e namoro da minha cabeça, que aquilo não era pra mim. E olhando para meu corpo era muito fácil acreditar nela, porque onde vivíamos o pensamento das pessoas era metrificado. Então me apeguei às histórias de amor dos contos, dos romances, das revistas que minha mãe mandava. Eu acreditei que ter alguém era algo impossível, mas meu coração e o meu corpo não se convenceram disso.

Em uma de suas vindas, minha mãe pediu ao Cosme que me ensinasse a ler e a escrever. Eu já tinha quase treze anos e minha avó não via como eu poderia frequentar a escola. Lá tudo era muito mais difícil. Mas minha mãe não se deu por vencida, chamou Cosme e disse: "Quero que você ensine Isabel a ler, escrever, fazer contas e tudo que você sabe. Não se preocupe porque vou te mandar um dinheirinho todo mês para isso. Filha minha não vai ficar analfabeta".

Cosme não gostou muito da ideia, mas o fato de receber dinheiro pelas aulas lhe agradava. E, além do mais, não queria desapontar minha mãe, que sempre lhe trazia um agrado da cidade grande.

Como você viu, Cosme é um rapaz acanhado, respiração curta, pernas tortas, uma das mãos cheia de verrugas, mas eu o acho bonito. Ele se esforçou demais para que eu aprendesse as letras do alfabeto, depois me fez juntar as letras para formar sílabas e depois as sílabas para formar palavras. Um mundo se abriu quando eu consegui decifrar aqueles códigos que eram as letras juntas umas nas outras.

Eu não senti muita dificuldade e, como minha mãe me mandava livros de contos de fadas e gibis, ler foi uma das melhores coisas que me aconteceu. Descobri um novo mundo colorido, fértil e muito diferente da minha realidade crua.

De um sábado para o outro, eu devorava tudo que encontrava pela frente. Em pouco tempo, eu já sabia bem mais que Cosme, mas fingia que não. Gostava da presença dele aqui. Como senti muito mais dificuldade na tabuada, nossas aulas de matemática duraram muito mais tempo. De menina, virei mocinha. Cosme era o meu contato com o mundo e o mundo dele era somente aquela cidadezinha. Ele me contava os casos das festas, das moças, das contendas. Aquilo era tudo que ele conseguia me oferecer. Mas eu tinha um outro olhar para ele além de afeto e gratidão. Como eu não sabia o que era desejo, aquela turbulência toda de sensações me perturbou demais.

Muitas vezes eu ficava parada olhando para ele escrever e, num segundo, ele já não era aquele primo bronco de todos os sábados. Era um dos príncipes dos romances ou contos de fadas, que me cortejava, me tirava para dançar, e o delírio sempre terminava comigo correndo numa estrada sem fim, porque a fala da minha avó sempre me trazia à realidade.

Quando fiz quinze anos, pedi para ele um beijo de presente. Ele fechou o livro e foi embora, ficou um sábado sem vir. Quando achei que tinha perdido o primo professor, ele apareceu. Começou a aula de cabeça baixa, meio distante, até que, de repente, me agarrou com força de homem e me beijou violentamente com o corpo teso-suado-aflito. Depois saiu correndo. E nos sábados seguintes até hoje tem sido assim. Já não me ensina mais nada, só me beija. Passa as mãos ásperas nos meus peitos e entre as minhas pernas, depois finge que nada aconteceu, enquanto eu fico fervendo e latejando por dentro. Nas poucas vezes em que nos encontramos na presença de minha avó, ou que não seja aqui em casa, ele esboça um aceno ou nem isso.

Lembra quando te confessei isso? Era o meu maior segredo, minha única transgressão. Eu achava errado, sabia que ele tinha vergonha de mim e eu tinha vergonha de me sujeitar àquela situação. Sabia que qualquer outra história com ele seria um delírio de minha parte e que eu vivia aquilo tudo sozinha. Mas você apenas disse:

— Eu te entendo, ele é praticamente a única pessoa que você conhece, é natural se apaixonar.

Você não me julgou, foi capaz de entender aquela situação que eu achava errada e feia. Naquele momento eu comecei a deixar de lado minhas reservas em relação a você.

Mas o que eu queria mesmo era saber das suas histórias, que deveriam ser muito mais animadas que as minhas, e logo te perguntei com muita curiosidade:

— Agora você, me conte um segredo seu.

Você ficou em silêncio, com os olhos fixos no fogo. Seu jeito bom e simples de enxergar a vida, muitas vezes me fazia muito mal. Porque ali ficava evidente que meus sentimentos não eram dos mais nobres. Como eu não queria que ninguém sentisse pena de mim, muitas vezes era cruel e desagradável em muitas situações. Mas você via beleza onde eu via miséria, sorria com facilidade enquanto eu não via graça em nada, sentia empatia enquanto eu sentia vergonha, via cor onde eu só via escuridão. Era o avesso de tudo que eu conhecia e acabou se tornando um fio que me conectava com a vida.

E foi assim, com toda altivez do mundo, sem tristeza e até um pouco resignada, que você disse que estava muito doente e que tinha certeza de que dessa vez a morte a encontraria. Despejou toda sua desgraça, como quem diz "amanhã é domingo". Aquela revelação me deixou perdida, pois eu já intuía que o nosso encontro mudaria minha vida para sempre.

Em seguida, tentou me explicar dizendo que desde pequena acreditava que a morte sempre te perseguiu, mas como não a encontrava na hora marcada, acabava levando alguém que você amava como forma de castigo pela sua ausência:

— Primeiro perdi minha mãe com oito anos, uma coleguinha da escola aos onze e até aquela pobre coitada que morreu na rua da minha casa. Tive certeza dessa caçada quando ela me levou a Babá. Mas agora eu estou preparada e estarei no lugar certo para o grande encontro.

Como não te odiar? Até a morte tinha preferência por você? O que para mim era uma tragédia-dor-e-fim, para você não passava de uma passagem do plano físico para uma viagem livre pelo universo. Além do mais, entendi porque minha mãe não tinha vindo me ver nos últimos dois anos. Com certeza ela tinha medo de sair de perto de você e acontecer.

— É um tumor numa parte muito sensível do cérebro. Não é possível operar e ele só faz crescer. Ele está aqui há algum tempo, mas agora eu virei uma bomba relógio, tenho muita dor de cabeça, às vezes não tenho apetite e sinto muito cansaço sempre.

Logo veio no meu pensamento que partir cedo era realmente um privilégio para os bons. Nós, humanos com defeitos, permaneceríamos aqui entre decepções, pequenas alegrias, quedas, alguns encontros, embates e muita luta.

Depois de me dizer tudo isso sem nenhum abalo, você quis saber como preparava a palma, queria experimentar. Eu estava bem abalada com a sua revelação, mas fiz que não.

Você não queria mais falar sobre sua saúde, mas eu tinha muita curiosidade a respeito da sua vida. Queria esmiuçar suas aventuras, seus amores, para tentar entender o amor que a minha mãe tinha por você. Quando já estávamos comendo, eu quis saber:

— Qual o seu maior desejo?

— Ah, sei lá... acho que não tenho nenhum desejo mais.

— Claro que tem... todo mundo tem desejos.

— Me fala primeiro sobre os seus. Se você encontrasse uma lâmpada mágica agora, o que a senhorita pediria?

Eu ri um pouco entristecida e você insistiu:

— Diga Isabel. Não tenha vergonha dos seus desejos, por mais simples e impossíveis que eles pareçam.

— Eu queria dançar, tomar um banho de rio nua e ser beijada com muito amor.

Sei o quanto aquilo te comoveu, porque seus olhos pra mim eram de uma ternura que me deixou desconcertada.

Diante de uma vida escassa de afetos e oportunidades, eu desejava sentir a água gelada de um rio no meu corpo aleijado. Diante de tanta pobreza, eu queria sentir a vibração de uma música e movimentar meu corpo. E diante de tantas perdas, eu queria sentir os lábios de alguém que gostasse de mim sobre os meus. Coisas tão simples que só quem se vê impedida valoriza.

— Esses são os seus desejos, senhorita? Vamos ver o que eu posso fazer por você.

— Pode o quê? Você não pode fazer nada.

— Não me desafie, Isabel! Você não sabe do que eu sou capaz.

— Branca e mole desse jeito, tu não é capaz de nada. É que nem eu, e olha que nem tem uma perna menor que a outra.

— Vamos fazer uma aposta? Eu realizo os seus desejos e você realiza um desejo meu.

— Que desejo? Você disse que não tinha desejo nenhum.

— Mas agora eu tenho um. Eu realizo os seus desejos de alguma forma e depois você realiza um meu. Combinado?

— Qual é o teu desejo? Fala primeiro.

— Não. Você não me desafiou? Agora prove que tem coragem de me seguir no escuro, na confiança.

— Coragem é o que não me falta.

— Então vamos começar pela dança. Onde podemos dançar nessa cidade?

— Você é louca. Eu fui à cidade duas ou três vezes. As pessoas olham como se eu não fosse gente. Uns com pena, outros com horror, a menina horror!

— Pois vamos mostrar para esse povo o que uma menina horror é capaz de fazer mesmo com suas limitações. E não me venha com desculpas, hoje nós vamos dançar como se não houvesse amanhã. Você sabe que pra mim pode não haver amanhã mesmo! Então, preciso que você me diga sim.

Suas palavras ainda dançam nos meus pensamentos.

Cada palavra!

# 8

Lembro que te confessei os meus desejos clandestinos, como para dar forma a sonhos que eu sabia que jamais realizaria. Não sei exatamente o porquê, mas, a partir de algum momento, eu passei a querer te impressionar. Pra mim, você era de outra dimensão, não se chocava com quase nada. Pra você tudo era normal e permitido, e eu poderia fazer qualquer coisa que desejasse. No máximo, precisaria de algumas adaptações. Você não via limitação em mim. Na verdade, você queria me mostrar que todo mundo poderia ter pena de mim, todo mundo poderia achar que eu não era capaz, mas eu tinha que acreditar em mim... Eu, somente eu, tinha o poder de fazer acontecer.

Me pego rindo sozinha toda vez que lembro. Eu mal conhecia a cidade, tinha ido duas ou três vezes com minha avó. Não convivia com ninguém e poucas pessoas lá sabiam de mim pelas minhas rendas. Você fez questão de circular por muitas ruas para eu sentir aquela claridade insana de uma noite na cidade. Até aquele momento, era a coisa mais linda que eu já tinha visto, embora aquele céu, sem uma única estrela fosse bem mais triste que o da roça. Depois, ficamos dentro do seu carro um pouquinho. Só aquilo já era muito bom. O meu corpo era invadido pela música que tocava do lado de fora, pela luz, pelo cheiro. Por alguns segundos, esqueci que minha mãe tinha morrido, das minhas pernas, do Cosme... apenas fechei os olhos e senti o ritmo da música.

Você me deixou viver aquela sensação por um tempinho e depois me encorajou:

— Nós viemos aqui para dançar e é isso que vamos fazer.

Eu não sabia como faríamos aquilo, mas eu já confiava em você e acreditei. Você desceu do carro, deu a volta, abriu a minha porta e me ajudou a descer entregando-me a bengala. Eu me sentia mais segura com ela, na maioria das vezes.

Todos nos olhavam numa curiosidade danada. Duas moças desconhecidas chegando ao baile sozinhas? Sem a companhia de um homem? Fiquei bem acanhada e ameacei voltar para o carro, quando você me segurou pelo braço e disse bem baixinho no meu ouvido:

— Olhe de frente pra toda essa gente, você é a moça mais bonita desse baile, acredite! Aproveite a noite, porque aqui não há ninguém melhor que você.

Eu tinha duas opções naquele momento: acreditar ou não em você. Acreditei! Você se sentou ao meu lado e me serviu uma cerveja. Ri de aflição, pois eu nunca tinha tomado cerveja, além de sempre ouvir de minha avó que aquilo era coisa de moça à toa. Mas você bebeu, e eu também. Gostei! Logo você comentou que todos nos olhavam. Então fingimos que conversávamos sobre coisas importantes. Foi tudo muito engraçado porque nós ríamos da situação e realmente nos divertíamos.

Depois de algumas cervejas e com o corpo bem mais leve, você me puxou para dançar. Sempre me lembro dessa cena com um sorriso frouxo no rosto. Você começou me girando devagarinho, mas quase sem nenhum cuidado, se colocava na minha frente e estendia a mão. Eu confiei, dei a mão, você segurou firme e me puxou balançando o corpo de uma maneira lenta e ágil ao mesmo tempo, e dizendo:

— Isso é dançar Isabel, deixe seu corpo ser guiado pela música.

Era como o balançar de uma árvore ao vento. Percebi que na natureza a música era o vento. As roupas estendidas na cerca de arame dançavam, a terra solta do chão dançava, as folhas secas dançavam com o vento. E todo meu corpo simplesmente dançou, dançou do jeito possível, sem quase sair do lugar, mas dançou, enquanto minha alma rodopiava aquele salão e uma felicidade fácil chegava no meu coração. Dançamos uma, três, cinco músicas até que num daqueles giros, vi o Cosme. Aquele homem enfezado, encostado na parede próxima da gente com os braços cruzados, nos olhava sério e envergonhado da minha alegria. Como eu era livre e grande diante daquele homem prisioneiro de um estado de espírito pequeno e mesquinho. Olhei bem dentro dos olhos dele e jurei pra mim mesma que aquele homem, que nunca seria capaz de fazer algo parecido por mim, jamais me tocaria novamente.

Depois do baile, na volta pra casa, paramos no riachinho no meio do caminho. Como a chuva não vinha há tempos, corria apenas um filete de água. Com sua ajuda, sentei no lajedo com os pés na água. Um vento fresco vindo do mato passava pelo meu corpo e batia com felicidade no meu rosto. Eu me assustei com você pegando aquele choro de água e jogando no meu corpo dizendo:

— Não te disse que você pode tudo? Não temos uma cachoeira, um rio, mas temos um riacho capaz de ficar até o amanhecer te regando. Então, vamos, tire suas roupas, feche os olhos e imagine que é um rio ou uma cachoeira, e deixe a água tocar o seu corpo.

Como era fácil rir com você.

Depois, sentamos exaustas embaixo do pé de umbu para esperar o sol nascer. Ficamos uma ao lado da outra em silêncio, quando você começou a cantarolar alguma coisa que eu não entendia... era quase um sussurro rouco, que abria passagem naquela escuridão e parecia fazer as poucas estrelas no céu também dançarem.

*Non, rien de rien / Non, je ne regrette rien / Ni le bien, qu'on m'a fait /*
*Ni le mal, tout ça m'est bien égal*

Pedi que você continuasse porque, de repente, eu precisava daquela música, daquela voz, como se minha respiração dependesse daquilo. E você continuou:

*Non, rien de rien / Non, je ne regretted rien / C'est payé, balayé, oublié*
*Je me fous du passé*
*Non, rien de rien / Non, je ne regretted rien/ Car ma vie, car mes joies / Aujourd'hui, ça commence avec toi*[1]

---

1. *Je Ne Regrette Rien* é uma música composta em 1956, com letra de Michel Vaucaire e melodia de Charles Dumont e eternizada pela cantora francesa Edith Piaf.

Como uma coisa que eu nunca tinha ouvido, que não fazia ideia de que existia, podia fazer tanto sentido pra mim naquele momento?

Você disse bem baixinho que era uma canção de uma cantora francesa que seu pai adorava. Que ele colocava o vinil na vitrola e ficava ouvindo com os olhos fechados, encostado na poltrona em que só ele se sentava. Ficava parado até ouvir o som da agulha no final do disco.

Perguntei o que a música dizia, mas você não respondeu. E no meio daquele silêncio, daquela escuridão, você tocou a minha mão. E começou a acariciar meu corpo. Sentia muito medo, mas meu coração era pura festa. A noite tinha sido tão perfeita que eu já nem me lembrava do meu último desejo... mas você tinha sido criada pela minha mãe e não costumava deixar as coisas pela metade. Você não tinha pressa, o que fazia muita diferença pra mim. Naquele instante eu descobri a diferença entre o imaginário e o real, entre a delicadeza e a brutalidade. Muda, você se aproximou e eu senti aquele milagre de ternura, de coragem do encontro entre dois corpos latejantes... E ali você me ensinou que o prazer não é algo que se dê ou que se tome.

Você se entregou e eu desejei fazer o mesmo, porque aquilo me dava acesso a um mundo que me fascinava. Nos doamos inteiramente uma à outra e eu já não sabia onde eu terminava e você começava, não sabia o que era céu, o que era rio, não sabia mais de mim. Você me fez outra quando deu ao meu corpo o que ele sequer sabia que desejava.

Vimos o sol nascer e você quebrou o silêncio:

*Não, nada de nada / Não, eu não arrependo de nada / Nem o bem que me fizeram / Nem o mal, tudo isso, tanto faz pra mim!*
*Não, nada de nada / Não, não me arrependo de nada / Está pago, varrido, esquecido / Não quero saber do passado!*
*Não, nada de nada / Não, não me arrependo de nada / Pois minha vida, pois minhas alegrias / Hoje, tudo isso começa com você!*

— É mais ou menos isso que diz a música.

Quando voltamos para casa, o sol já estava alto e parecia querer denunciar tudo que estava fora de lugar, brilhava e ardia com fúria. De repente, o lugar onde eu vivia desde que me entendia como gente se mostrou como de fato era: a casa distiorada, o mato seco e alto, as paredes rachadas sob uma pintura de cal e o telhado antigo em evidência. Só reconheci o cheiro de lar. Fiquei parada tentando entender o que tinha mudado, o que tinha acontecido dentro e fora de mim. O mergulho profundo em emoções e sentimentos que eu nem sabia que existiam me fez emergir com o olhar de descoberta. Você então me disse:

— Quero que você vá embora daqui, quero que você deixe pra trás esse relacionamento ou sei lá o que é isso que você tem com esse homem. Ele não te ama, ele não consegue te amar, não do jeito que você merece ser amada. Você é uma mulher linda, sensível, criativa. Você só anda com um pouco de dificuldade, mas o seu coração tem asas, Isabel... tem muita vida aí dentro. Não deixe secar o que pulsa, o que grita aí dentro de você. Faça isso por mim, pela sua mãe, por você. Não permita que ninguém diga o que você pode ou não fazer. Sua felicidade não está nesse lugar. Isso é o que eu pediria se eu encontrasse uma lâmpada mágica. Eu vou morrer feliz sabendo que você se libertou. Me deixa fazer isso por você? Vamos embora daqui juntas? Esse é o meu desejo, que você descubra uma nova vida.

Eu deveria ter te perguntado como eu viveria longe dali? Eu deveria ter perguntado: embora pra onde? Pra viver como? Pra viver do quê? O que sua família acharia de tudo aquilo? O que as pessoas diriam de mim? Deveria ter pensando na minha vó. Mas não perguntei nada, não pensei em nada e te disse sim. Todos os meus sins foram seus. Assim, no escuro, sem perguntas nem questionamentos.

# 9

A minha avó não me olhava nos olhos, falava pouco e de vez em quando me dizia crueldades, que para ela eram verdades em forma de proteção. Depois que tomava café, ela passava a caneca ainda quente no rosto e mexia levemente o canto da boca. Depois de pitar, ficava horas sentada na porta de fora com aqueles olhos grandes encharcados de saudades. Já não esperava mais ninguém. Tinha cara de má, mas gostava de mim. Cortava a couve bem fininha do jeito que eu adorava e sempre colocava um pouquinho de açúcar no cuscuz, mesmo gostando do dela bem salgadinho. Sempre que podia trazia da feira um docinho de banana numa casquinha de isopor que eu comia com o doce e tudo. Esse era o jeito dela de gostar.

Seu último companheiro, que já não era o pai de minha mãe, havia partido para o Paraná com uma oferta de trabalho há muitos anos e nunca mais se soube dele. Nem uma carta, nem uma notícia, nada! Falava-se pouco sobre o assunto.

Assim fui crescendo, vendo e acreditando que o acaso ou o tempo vai nos tirando qualquer promessa de felicidade.

Quando te disse sim, precisei criar coragem para encará-la. Cheguei pra ela com a fala pronta e na ponta da língua. Pensei em várias maneiras de dizer que eu precisava ir embora dali, que alguma coisa precisava ser feita de minha vida, que você tinha me convencido a ir cobrar o que era meu por direito, que eu tinha o sonho de conhecer o mundo, que eu não poderia passar o resto da vida lamentando a perda da minha mãe e que eu queria conhecer a terra da garoa que ela tanto falava. Mas não precisei dizer nada. Como se tivesse acesso aos meus quereres, ela me olhou nos olhos e para meu profundo espanto disse:

— Bel, ói minha fia, o homem que encontra seu lugar é um homem rico. Às veis nóis precisa de nascer de novo, até achar nosso canto no mundo. Chega o dia que nóis não cabe mais na barriga da mãe, aí, o jeito é nascer. Quando nóis cresce acontece de não caber mais no lugar que se vive, e aí? Oh nóis nascendo de novo onde nos serve. Nascer dói, mais sabendo, viver é bom minha fia.

Ói Bel, quando tiver com dúvida nessa tua cabeça, procure quem te dê resposta certa minha fia. Tua mãe era muito ligeira, só não teve foi tempo de te passar a verdade, mais de onde ela tiver, ela vai te alumiar e mostrar o caminho.

Essa menina tem razão, teu lugar não é aqui não. Vai e lute pelo que é seu, acredite que tu pode tudo que tu quiser minha fia. Eu vou ficar bem.

Seu desapego, suas palavras me deixaram triste demais. Mas agora eu sei que ela sempre soube que um dia eu partiria e até entendo a força que ela fez toda a vida para não se apegar a mim, de como desviou seus olhos dos meus para não deixar escapar nem um fiapo de toda a mentira que era a minha história.

# 10

Saí calada, com um nó na garganta e um aperto no coração. Minha vó nem levantou para se despedir de mim. Deixou sobre a mesa minha certidão de nascimento que ela sempre fez questão de guardar a sete chaves e o terço que tinha sido presente da minha mãe e ela adorava.

Foi ficando tudo para trás... as galinhas ciscando nos terreiros, os porcos nos chiqueiros, a magreza do gado no pasto seco, as imburanas, pouca gente nas porteiras apurando a curiosidade, os paus-ferros, os umbuzeiros, as plantações de feijão e palma castigadas pelo sol de janeiro, as roupas penduradas nas cercas de arames, as casas de farinhas, os engenhos, os jegues soltos nas estradas, o sacode da estrada de terra rachada. Quando entramos no asfalto deixei o pranto cair. Chorei de tristeza, de medo, de alívio, de alegria... Senti tudo isso ao mesmo tempo.

O vento no meu rosto foi levando aquela angústia e depois, só ficou uma liberdade que eu nem imaginava que uma pessoa como eu tinha direito de sentir.

Só depois do soluço e algumas horas de estrada é que comecei a enxergar o mundo fora do alcance dos olhos de minha avó.

A primeira coisa que percebi na estrada foi que a seca não era no mundo todo. Fora dali chovia e o vento trazia o cheiro de um mato que era verde. Cheguei a questionar com você, porque tanto para uns e nada para outros, lembra?

Quando chegamos na capital, outro susto. Entrar em um avião estava além de qualquer coisa que eu poderia sonhar numa vida toda. E quando ele decolou, segurei firme a sua mão me perguntando o que me esperaria em São Paulo. Mas você era o lugar que eu queria pertencer.

Já a capital me recebeu com um clima bem mais fresco e o céu com algumas poucas estrelas.

Assim que você entrou no táxi, foi vencida pela exaustão que toda aquela peregrinação lhe causou. Encostou no meu ombro e dormiu enquanto eu estava com o coração aos pulos, totalmente acesa, espantada com a claridade da noite de São Paulo, com a altura daqueles edifícios, aquelas avenidas gigantes e a quantidade de automóveis que se juntava quando o motorista parava no farol... três,cinco, sete... interrompi a contagem quando percebi que conhecia a música que iniciava no rádio. *Non, je ne regrette rien*. Meu coração foi sossegando e tive a sensação de que estava no lugar certo, apertando a sua mão.

Não sabia como éramos frágeis diante de tudo que estava escondido. Então me sentia fortalecida diante de toda aquela atmosfera. E eu estava realmente feliz. Pelo menos até chegarmos na sua casa.

Eu te acordei quando vi o portão abrindo sozinho e o carro entrando pelo jardim muito bem cuidado. Na porta da casa azul que mais parecia um pequeno castelo, seu pai te aguardava em pé nos degraus à frente. Todo de preto com a coluna reta e os braços cruzados para trás. Você desceu e o abraçou com muito afeto. A imagem daquele homem muito me impressionou e eu não conseguia tirar o meu olhar dele. Pude perceber que sua expressão foi se modificando aos poucos, primeiro ficou pesada como quando não gostamos do que estamos vendo, depois uma sombra se formou como se o que estivesse à sua frente o ameaçasse de alguma maneira. Tudo isso quando você foi até a outra porta do carro e me deu a mão me ajudando a descer e me apresentou:

— Pai essa é a Isabel, filha da Babá. Ela vai passar uma temporada aqui com a gente.

# 11

Levei um susto com a festa barulhenta que seu irmão fez com o seu retorno. Que coisa linda! Pareciam crianças brincando naquele jardim, ele correndo atrás de você para fazer cócegas enquanto você se encolhia e ele gritava, dizendo que você estava muito magra e abatida e lhe cobrindo de beijos. Achei tudo aquilo lindo demais. Então era assim ter um irmão. Vi que quando o amor se faz presente, adultos viram crianças. Seu pai tentava interromper todo aquele festejar dizendo que você precisava descansar. Percebi que me passava o olho meio desconfiado e que minha presença lhe trazia certo desconforto.

Mas Zeca se estendia na comemoração e quando soube quem eu era fez questão que eu me juntasse a vocês com gracejos e brincadeiras comuns entre os irmãos Carvalho.

Seu pai não gostou nada daquela energia orgânica e pronta que se deu entre nós três e pôs fim às brincadeiras, exigindo que entrássemos imediatamente.

Eu deveria ter amofinado com aquela reação. Ele me pareceu assustador naquele primeiro momento, mas para minha surpresa, não tive medo.

Você e o Zeca, apesar de obedientes, não faziam conta de toda aquela rigidez. Se entreolharam sufocando a risada com as mãos, enquanto eu permaneci séria observando o ambiente diante de tanta novidade.

Depois de pegar horas de estrada com você no volante, avião, táxi e o pouco que vi da cidade grande, achei que não me surpreenderia com mais nada. Mas aquela casa ainda me reservava muitas surpresas. Era tudo muito iluminado, com móveis bonitos e não parecia ter nada fora do lugar. Por fora aparentava ser bem maior que por dentro, e os quadros nas paredes deixavam tudo bem austero.

Fiquei sem saber como me comportar diante de tudo aquilo, não queria me apequenar nem tinha condições de estar no mesmo patamar que os donos da casa. Zeca quebrou o gelo me apresentando a televisão, o telefone, ventilador, até o liquidificador. Ele é assim comigo até hoje sabia?

# 12

O cansaço acabou me vencendo depois de muito examinar aquele lustre fazendo uma sombra distorcida no teto. Aquelas cores, aquelas fotografias, aqueles objetos, aquele cheiro... Dormi profundamente.

Acordei com o sol alto e um pouco desorientada. Precisei de alguns segundos para lembrar onde estava e tudo que tinha me acontecido nos últimos dias. Ficar sozinha naquela casa era muito embaraçoso e saí logo te procurando. Desci as escadas devagar, seguindo um fio de conversa bem longe. Ao me aproximar, ouvi o meu nome e o de minha mãe numa discussão muito civilizada:

— Pai, a Babá trabalhou nessa casa por mais de vinte anos. Precisamos ressarcir a Isabel de alguma maneira. Ela vive com a vó numa situação muito difícil naquele sertão e sem o que a Babá mandava pra ela todos os meses elas passarão necessidade. Não podemos deixar isso acontecer.

— Primeiramente, Sara, você não podia ter arrastado essa garota para cá sem o meu consentimento. E eu não devo nada a essa gente. Sempre paguei o salário da Dona Otília pontualmente, ela sempre teve as folgas aos domingos, paguei férias, sem falar que quando ela caiu no chão daquela cozinha, chamei o nosso médico particular e a enterrei quase como uma pessoa da família. Não devo nada à filha dela.

— O senhor ter pago o seu salário pontualmente, dado folga aos domingos e pago férias não é nenhum mérito, meu pai, uma vez que ela prestava seu serviço com maestria. Chamar o médico particular que atende a nossa família ao vê-la passar mal trabalhando na sua casa antes das sete da manhã e enterrá-la com dignidade também não é nenhum mérito. Era o mínimo, meu pai, porque para mim e para o Zeca ela era da família sim. E deveria ser para o senhor também. E mais, se não devemos nada judicialmente, devemos moralmente. Porque a Babá sempre foi um porto seguro pra nós. Lembra como ela cuidou da mamãe? Sem falar que foi no colo dela que nós choramos, dormimos e comemos enquanto o senhor se recuperava do trauma que a morte da mamãe nos causou. Foram as mãos calejadas dela que nos afagaram nos momentos mais difíceis de nossas vidas. Ela foi a companhia, foi quem nos ensinou a rezar, a cuidar do jardim, quem permitiu que corrêssemos na chuva gritando para expulsar aquela dor, nos ensinou a respeitar o próximo, a sermos humanos, enquanto o senhor se matava de tanto trabalhar para curar a sua dor também. Realmente estou muito surpresa com essa sua resistência. O senhor nunca se negou a cumprir com suas obrigações, sua retidão sempre foi um norte pra mim, pai. Já o vi sendo duro, mas nunca injusto. Tenho certeza de que vai reconsiderar.

— E a garota?

— Isabel, pai, o nome dela é Isabel. Ela fica! Minha saúde está se esvaindo mais rápido do que imaginei e a quero perto de mim nesse momento. Não me negue isso também.

# 13

Naquele período sombrio em que tudo em nossas vidas estava suspenso, Zeca foi um bálsamo. Até hoje eu me pergunto se ele não sabia o que estava acontecendo com você ou se simplesmente fingia estar tudo bem para deixar seus dias mais leves. Só sei que ele era uma companhia muito agradável para nós.

Nos seus momentos de muita dor, ele sempre tirava uma piada pronta que de tão ruim arrancava um esboço de sorriso seu. Eu também ria com a sua falta de talento para entreter, mas, também ficava encantada com toda aquela entrega na relação de vocês.

Quando batia o desânimo, ele chegava com um doce, flores ou um disco, sempre, tudo para nós duas, o que deixava meu coração comovido. Lembra dele cantando pra mim? *"Olê mulher rendeira, olê mulher rendar, tu me ensina a fazer renda, que eu te ensino a namorar"*.

A beleza de Zeca e toda aquela dedicação com você me tiravam do prumo. Era uma alegria, uma luz que eu nunca tinha visto emanar de uma pessoa. Eu vinha de um lugar onde as pessoas, assim como a terra, eram secas por demais. Não se elogiava ninguém, não riam dos próprios erros, não diziam eu te amo... coisas que brotavam do Zeca com tanta força e espontaneidade que respirar ao seu lado era sempre uma festa.

Eu me conectei muito rápido com toda aquela energia dele. Sua presença me fazia um bem danado, como se me deixasse apta a pertencer àquele mundo. E, de repente, eu me pegava querendo muito aquilo tudo pra minha vida também.

É claro que toda aquela atmosfera se dissipava com a presença de seu pai, que se via atordoado com o agravamento da sua doença e todo encantamento que o Zeca causava em mim.

# 14

Como passava muito tempo no quarto cuidando de você, não me atentei aos detalhes, que, apesar de sutis, estavam presentes o tempo todo. Talvez por isso seu pai tenha disfarçado a resistência que tinha à minha presença.

À noite, depois que você dormia, eu abraçava a colcha de retalho da mãe e ficava na janela vendo as estrelas, as flores do jardim. De vez em quando passava um carro lá na rua quebrando o silêncio. Eu sentia uma saudade lá de casa, do cheirinho de fumaça, do coaxar dos sapos no final do dia, do varalzinho de carne de sol com a tripinha seca para dar gosto no feijão da minha vó. Conhecer outros tipos de vida como a sua e a da sua família me fez querer saber de mim antes, para, quem sabe, projetar um eu depois.

Engraçado que, quando eu estava lá, a última coisa que eu queria saber era de mim. Eu vivia mergulhada nos livros que minha mãe me mandava e nas músicas que eu ouvia no radinho quando tinha pilha. Eu queria mesmo era fugir daquela realidade. Mas naquela casa azul, eu intuía que saber quem eu era e de onde eu vinha me levaria a algum lugar. Passava um bom tempo pensando nisso antes de ser vencida pelo sono.

Numa noite daquelas, depois de um dia de febre e dor, você se acalmou depois da dosagem cavalar de morfina e eu cochilei enquanto velava seu sono. Acordei assustada depois de ter sonhado caindo. Eu sempre sonhava que estava caindo, mas fazia muito tempo que isso não acontecia. Minha vó dizia que isso era porque eu estava crescendo. Acordei com a boca seca e decidi descer para tomar um pouco d'água.

Na volta, acabei entrando no escritório do seu pai por engano, ainda sonolenta, me senti perdida naquele ambiente escuro e tão hostil. Mas olhei tudo muito atenta e, já na saída, vi um porta-retratos com uma foto linda da Eloá.

Eu nunca tinha visto nada sobre sua mãe naquela fase, você só havia me mostrado coisas dela muito jovem, antes de vocês. Mas imediatamente soube que era ela. Que mulher linda... A fotografia tinha capturado uma gargalhada que parecia muito espontânea, mas percebi que os olhos eram tristes. Fiquei ali, seduzida por aquele olhar tão enigmático, enquanto o meu entendimento de onde eu estava foi fugindo. Se abateu sobre meu corpo uma estranheza mansa, quase uma dormência que foi aumentando aos poucos. Algumas sensações foram desencadeando e me deixando completamente perdida, com a certeza de que já tinha visto aquela mulher, que já tinha estado naquele lugar e que já tinha vivido aquela situação. O calor da noite avançou sobre mim e eu não vi mais nada...

Quando abri os olhos, não sei precisar quanto tempo depois, uma brisa mais fresca já entrava pela janela e a foto não estava mais lá. Mas não tinha o lugar sobre a mesa vazio. A mesa estava repleta de livros, papéis e outros porta-retratos, todos muito bem-dispostos, menos aquele da Eloá.

Até hoje não sei o que foi aquilo. Se alguém me viu caída, pegou a foto e reorganizou os outros objetos na mesa, se foi um sonho, um aviso ou fruto da minha imaginação que tomava conta de mim naqueles dias. Subi as escadas no escuro como pude e voltei para o quarto. Você continuava dormindo e eu com aquela gastura de não entender o que tinha realmente acontecido.

Voltei para debaixo da colcha, que era o mesmo que um colo pra mim, e fiquei na janela buscando ar e entendimento para aquilo tudo que tinha acabado de viver e para todos os últimos acontecimentos. Tinha passado mais de dezoito anos numa vida insípida e, de repente, todos aqueles tormentos com que eu não sabia lidar: a morte de minha mãe, você, aquela noite linda no riachinho, o ferver e a calmaria do meu corpo, a nossa viagem, aquela casa azul, seu pai, seu irmão, você acamada e, principalmente, o que tinha acontecido lá embaixo com aquela foto de sua mãe. Agoniada com todas aquelas peças sem encaixe, me veio à mente a reza de minha avó: "quem não reza por amor, reza pela dor". Ela vivia me dizendo isso, porque eu não gostava de rezar. Como ela podia ser tão assertiva em algumas coisas, meu Deus?

Naquele momento era o que eu tinha. Procurando o terço de minha avó, fui pensando o que eu falaria com Deus. Quando joguei tudo que estava dentro da bolsa na cama dei de cara com o envelope da minha certidão de nascimento. Eu tinha tido contato com aquele papel apenas duas vezes na vida: a primeira vez quando disse a minha avó que iria para São Paulo com você e a segunda quando você me disse no aeroporto que precisava de um documento para comprar as passagens. Foram momentos que eu jamais imaginei viver, totalmente dominados por uma emoção que tirava o meu ar e o meu chão. Tudo muito maior do que qualquer informação que porventura estaria documentada ali. Sem falar que a minha avó o guardava com todos os outros documentos a sete chaves, dizendo que documento era coisa séria e tinha que ser bem guardado. Só que ali estava a ponta de um novelo muito bem enrolado, Sara.

Abri e logo vi meu nome escrito Isabel Gonçalves Santos, filha de Otília Gonçalves Santos e pai desconhecido, e o local de nascimento em São Paulo.

Voltei a ler, agora com o coração aos pulos. Por que pai desconhecido se eu tinha um pai? Por que o nome dele não estava ali, se ele foi o grande amor da vida de minha mãe? Por que aquele espaço com xxxx se ele ficou muito feliz quando eu nasci? Por que aquele documento de São Paulo se eu tinha nascido no sertão?

Tentei te acordar, desisti. Fiquei sozinha naquele quarto, naquela casa azul, com mais esse fantasma, muitas perguntas e a sensação de que tudo estava fora do lugar.

# 15

Nossas manhãs não eram fáceis. Nasciam depois de noites estranhas e perturbadoras. Eu, com sonhos, saudades ou visões inexplicáveis e você sempre com dor ou sob efeito de remédios.

Mas naquele dia, você tinha amanhecido corada, disposta e até pediu alguma coisa para comer. Então aproveitei um outro retrato seu com a Eloá que ficava sempre na escrivaninha à nossa frente e perguntei como ela era. Já tínhamos falado de tantas coisas, mas você nunca falava dela.

Você ficou em silêncio, olhando para o rosto dela paralisado naquela imagem. Às vezes, o seu silêncio gritava, minha querida. Percebi logo que aquele era um assunto difícil pra vocês, mas depois do que tinha acontecido comigo na noite anterior, eu precisava de alguma resposta:

— Ela era linda como você pode ver, doce, amorosa, culta e adorava música... estava sempre cantarolando alguma coisa. Mas era muito triste também, quase não lembro dela sorrindo. Ela dizia que a tristeza morava nela. Antes de conhecer meu pai, era das artes. Dançava bonito e sempre chorava assistindo aos filmes. Ficava toda emocionada nas nossas apresentações da escola. Mas sempre com aquele olhar distante.

Eu adoro a história de como eles se conheceram. Ela se transformava numa palhacinha atrapalhada e ia para hospitais tentar alegrar crianças doentes. Ele estava hospitalizado por uma cirurgia no braço. Então ela entrou no quarto errado, vestida de palhaça. Ele se apaixonou assim que botou os olhos nela. E a conquistou porque também era um homem apaixonante. Mas um dia, as mãos se soltaram e eles se perderam um do outro. O amor não se sustentou diante do rigor e ambição dele em se tornar um homem bem-sucedido e da necessidade dela de ser inteiramente livre.

Ela tentou ser a mulher que meu pai queria e precisava: teve filhos, cuidava da família com muito afeto, o acompanhava nos eventos sociais. Mas foi murchando aos poucos, entristecendo, perdendo a graça e o gosto pela vida.

Passou a não prestar mais atenção em nada, sempre com aquele olhar distante. Não conseguia mais cuidar da gente, se alimentar. Até que se prostrou na cama sem conseguir se levantar e a tristeza venceu e a levou.

Acho que o casamento, a maternidade e tudo que veio depois disso foram traumas muito violentos com os quais ela não conseguiu conviver e superar. Ela só existiu enquanto foi livre. Nem ela sabia o quanto a liberdade lhe era vital. Só percebeu depois que foi engaiolada. O impacto foi tamanho, que ela nem sabia explicar o que lhe faltava.

Eu tinha só oito anos e o Zeca seis. Meu pai ficou devastado! Não se conformava dela não querer ficar com a gente. Trouxe os melhores médicos, os melhores medicamentos, mas esse não era o antídoto que ela precisava e foi tudo em vão.

Por isso quase não falamos dela. Foi como se nós nunca bastássemos pra ela. Nos sentimos abandonados, precisei de muito tempo e terapia para entendê-la e perdoá-la. O meu pai nunca aceitou e o Zeca, ou foi salvo pela inocência, ou foi aí que ele aprendeu a fugir da realidade.

Ela escrevia em um diário a falta que sentia de tudo isso. Eu a vi muitas vezes escrevendo sempre muito emocionada. Li um pedacinho uma vez, mas não entendi direito. Ela me dizia que escrevia para um anjo contando as nossas notícias.

Mais tarde li um pouco mais. Mas o meu pai pediu que eu não tocasse mais no assunto para a dor passar.

Ela era puro amor e o meu pai nem sempre foi esse homem amargo, Bel. Mas o amor deles não vingou. Ele não achou uma fresta no meio da dor dela onde pudesse entrar ou fazer alguma coisa. Depois disso, ele só cumpriu papéis: o papel de pai — eu e o Zeca fingíamos que a atenção que ele nos dava era suficiente, porque sabíamos que ele sofria demais, — o papel de empresário conquistando prestígio e dinheiro, o papel de cidadão sendo rigoroso e seguindo todas as regras impostas pelo círculo social ao qual ele lutou tanto para pertencer. Nem sempre o amor cura, Bel.

# 16

Percebi você bem mais fraca e com uma expressão quase de alívio. Estava me deixando de vez. Mesmo ciente de que aquele momento chegaria e que o descanso seria o único caminho digno para o seu corpo, me desesperei e fui, sim, muito egoísta. Queria você viva, precisava de você pulsando. Ajoelhei bem perto e segurei sua mão, implorando aos céus por um milagre, uma chance ou qualquer outro caminho que não fosse o fim. Deitei a cabeça no seu colo e, apesar do desespero, me veio um choro manso. E depois de algum tempo, uma tontura atravessada por uma confusão invadia os meus pensamentos. Não tinha a menor ideia do que, mas alguma coisa estava acontecendo comigo também. Senti meu corpo adulto ali, paralisado, de mãos dadas com você, enquanto eu-menina simplesmente fugia por uma espécie de labirinto que se abria diante de nós. Eu adulta via a menina que fui correndo em volta da casa atrás das galinhas. Vi minha vó seduzindo as coitadas com um punhado de milho para depois cortar suas asas no toco, para que as pobres não fugissem e conhecessem o mundo além das nossas cercas. O olhar resignado das galinhas apavorou minha alma, que já sabia o que era liberdade. Ali não era mais o seu lugar. Lugar seco de peles secas de bocas secas e falas secas. Vidas secas.

Quando voltei à realidade, tudo explodiu num grito animal e eu tinha um terrível gosto de ferro na boca. Você ainda deu um último suspiro e se foi, agarrada ao meu desalento. Eu continuei ali, deitada ao seu lado, com minha cabeça no seu peito. O seu coração já era silêncio. O meu latejava de dor.

# 17

Eu já sabia que o destino tinha malquerença comigo, que não adiantava eu tentar agarrar o que ele queria tomar de mim.

Mas depois que você se foi, eu fiz as pazes com ele. Eu não sabia o que ele tinha tramado, mas de alguma maneira ele fez com que você atravessasse a minha vida. O fim também tem muita força. E isso não é pouco.

Foi muito injusto você perder a batalha para uma doença tão sorrateira. Mas aí eu me lembro de você me dizendo que seu encontro com a morte havia sido marcado há muito tempo. Só não imaginei que seria tão rápido e que, dessa vez, ela te encontraria tão entregue, sem nenhum apego à vida.

Ter consciência de que você partiria não aliviou em nada o meu sofrimento. E por muito tempo nada, absolutamente nada, foi suficiente para estancar o desgosto e a revolta de te perder. Senti raiva dos dias de sol, depois dos dias de chuvas, depois dos girassóis, depois do canto dos pássaros e, por fim, senti raiva do mundo. Passei muitos dias só chorando. E depois incluí o choro nas coisas triviais, como chorar e tomar banho, chorar e comer, chorar e fazer minha renda. A vida tentou se impor. Então eu briguei com a vida, amarguei e precisei de um bom tempo para aceitar que te perdi.

Mas hoje, acredito que você sempre soube de tudo e que, desde o primeiro dia em que nos olhamos, você estava me preparando para atravessar mais esse sertão. Meus sertões de você. Todos os seus movimentos me trouxeram até aqui e me fizeram atenta, para que ninguém mais cortasse as minhas asas.

# 18

Depois que você partiu o mundo ficou translúcido. Veio um clarão na minha mente e eu fui percebendo que o respeito que demonstravam por mim era uma imposição sua. Vi o quanto minha presença era insuportável para seu pai. Que ele, apesar de muito triste e abatido, não ficou devastado com a sua morte e que a preocupação com o espaço que eu ocupava ali tomou rapidamente o seu lugar naquela casa. Enxerguei que minha pessoa provocava nele curiosidade e pavor ao mesmo tempo. E, por fim, entendi o quanto o pavor de uma pessoa alimenta o poder e força de outra. Porque se ele mostrava a verdadeira face, eu também me transformei e não aceitei ficar fora daquele jogo.

Nos primeiros dias ele me ignorou e depois, munido de muita sinceridade e calma, me disse:

— É melhor você voltar para sua terra.

— Não gosto mais de girassóis... Nos últimos dias de Sara, Zeca trouxe girassóis para ela. Ela ficou tão feliz. Mas em seguida seu estado de saúde se agravou enquanto os girassóis exibiam um vigor insuportável. Senti que eles sugavam o último fio de vida de Sara, uma batalha de igual para igual. Depois ambos cederam e começaram a definhar. E então foi tudo muito rápido. Acredita nisso?

— Não faz mais sentido você continuar nessa casa.

— Morreram juntos Sara e os girassóis. O Senhor sabia que ela adorava girassóis?

Quando ameaçou deixar a sala, eu o provoquei ainda mais:

— O que acha que posso fazer com o dinheiro que o Senhor irá me pagar pelos anos de trabalho da minha mãe?

Ele se virou para mim, mas não disse uma palavra. Tudo dentro de mim tremia e fervia ao mesmo tempo, mas aguentei sem demonstrar abalo em um único músculo. E, por fim, percebi que eu poderia ser tão cruel e fria quanto ele.

Eu ainda não sabia o porquê de nada. Mas ele não sabia que eu não sabia. E como eu tinha certeza de que ali havia algo de errado, eu jogava. E acabei me descobrindo muito boa nisso, acredita?

Só que ele era um jogador exímio, rápido de raciocínio e tinha uma frieza calculada. Estava pronto para virar o jogo e me devorar a qualquer momento. Eu achava que agia do mesmo jeito que ele, por observá-lo com uma obsessão sem medida.

Eu usava o ressarcimento pelos vinte anos de trabalho de minha mãe como desculpa para permanecer ali, mesmo sabendo que dinheiro algum seria suficiente para suprir a falta que ela fazia na minha vida, e que não curaria a dor que eu ainda trazia no peito por não tê-la comigo, e que aquele homem jamais honraria os serviços prestados por ela durante uma vida.

Mas eu tinha uma intuição muito forte de que aquela situação me levaria a outros lugares. Afinal, eu era só a filha da empregada que trabalhara vinte anos para ele, que o ajudara a criar seus filhos. O que havia naquela casa onde tudo se conectava como um mistério velado?

Porque uma coisa era inegável: mesmo morta, a presença de minha mãe rondava os quatro cantos daquela casa e isso o intimidava de alguma maneira.

# 19

Você não imagina quem eu conheci dia desses! A nossa chegada a São Paulo mexeu muito com o sossego do seu pai. Além dos próprios fantasmas, ele ficou muito perturbado com o fato de Zeca simplesmente cair de amores por mim. Ele vivia cantando pra mim e, mesmo sendo essa uma atitude comum dele diante de qualquer pessoa, aquilo contrariou um pouco mais o seu pai.

Mas o fato é que seu irmão adorou minha presença naquela casa. Lembro-me de você o chamando de o encantador de meninas, título que ele adorava. Mas ele é mesmo um sedutor compulsivo. Até hoje, depois de tanto tempo, a conversa é a mesma: "toda mulher merece ser tratada como uma rainha". E comigo não agiu diferente, o que me deixou muito feliz. Afinal, eu não estava acostumada a ser tratada com igualdade. Depois de tudo, percebi que a única coisa que vocês têm em comum é a falta de preconceito. Ele também não me via como uma aleijada ou uma coitada.

Ele continua agindo assim com todas. Faz bem para o ego dele essa condição de Don Juan. Continua imaturo e totalmente manipulado pelo seu pai. Fazendo todas as suas vontades em troca de uma vida confortável, regada a muitas mulheres, bebidas e festa. Mas tem sido afetuoso comigo. Claro que preciso de um tempo, uma certa distância para as minhas feridas que seguem em carne viva cicatrizarem.

Depois da devastação da sua partida, caímos num desamparo sem fim. Ele logo vestiu capa de galanteador e me convidou para irmos ao cinema. Aceitei, na tentativa de fazer algo que não fosse chorar e lamentar a minha existência.

Mas te confesso que toda aquela inquietação do Zeca mexeu com a minha imaginação e com todos os meus hormônios. Eu não tinha ideia de como seria um cinema, mas a minha preocupação era outra. Eu queria me mostrar capaz, naquela condição em que qualquer coisa pra mim era muito. Eu ir ao cinema com um homem daqueles fez com que todas as situações possíveis passassem pela minha cabeça. Agora relembrando, consigo até achar uma certa graça da minha tolice diante dos fatos. Como a minha inocência me faz falta, minha cara.

O fato é que nós estávamos saindo de casa, já no jardim, quando uma moto gigante e barulhenta invadiu portão adentro, com um ser todo vestido de preto. Eu nunca tinha visto uma coisa daquela, todo aquele barulho anunciando que algo totalmente imprevisível e incontrolável estava acontecendo. Zeca fazia uma cara indiferente, como se já tivesse presenciado aquilo tudo muitas outras vezes. Quando a pessoa tirou o capacete, fiquei ainda mais atônita.

Uma mulher enigmática, com traços diferentes, que eu não sabia se era linda ou estranha, com cabelos pretos e compridos sorriu insinuando:

— O casal está de saída?

— Sim, estamos — respondeu Zeca. — Vou levar a Isabel para conhecer o cinema, quer vir com a gente?

Ela então desceu da moto, ajeitou o capacete debaixo do braço e estendeu a outra mão, me olhando nos olhos como que para me intimidar:

— Prazer Isabel, eu sou Dúnia, a noiva do Zeca.

Imagina a presunção de Zeca diante de duas mulheres constrangidas? Mas Dúnia sempre foi muito mais esperta e não dava um pingo de ousadia para o joguinho dele. Ela me olhou nos olhos com simpatia e cumplicidade e me cumprimentou com um beijo no rosto:

— É Muito bom conhecê-la pessoalmente, Isabel! Podem ir ao cinema, eu volto outra hora. Disse isso já colocando o capacete e ensaiando subir na moto. Foi quando seu pai chegou com a cara amarrada de sempre e chamou o Zeca para uma conversa particular. Os dois entraram e ficamos só nós duas. Ela voltou em minha direção, sentou-se nos degraus da entrada e desabafou:

— Zeca é vaidoso demais. O país pegando fogo e ele fazendo joguinho para nos constranger. E eu sou um pouco responsável por isso, sabe? Nós nos conhecemos desde sempre, nossos pais são muito amigos e têm muitos negócios juntos, estudamos na mesma escola e eu sempre briguei por ele. Todas as meninas brigavam por ele. A rivalidade entre mulheres deixa os homens assim, tolos! Mas isso não acontecerá com a gente, não é mesmo? Nós não seremos inimigas por causa do Zeca, Isabel. Nem que você queira. A Sara me escreveu falando de você, ela era uma mulher sem igual.

Aprendeu muita coisa com sua mãe e pinçou o que prestava do pai, ela sabia fazer esse filtro muito bem.

E foi assim que nos aproximamos. Primeiro para não inflar o ego do Zeca, depois porque me sentia muito sozinha sem você, depois porque ela me fazia rir, depois porque ela era extremamente esperta e percebeu muito antes de mim que havia algo de muito errado entre mim e sua família, e depois porque, ahh... isso eu te explico uma outra hora.

Dúnia é um novelo do qual nunca vou conseguir puxar o último fio e desvendar tudo a seu respeito. Ela tem segredos demais e sempre diz que o melhor a fazer é escondê-los de mim.

No início, eu ficava mais paralisada do que já era de tão constrangida que a sua presença me deixava. Aquela beleza estranha trazia tanta liberdade, tanta coragem, que chegava a ser perturbador.

Nunca tinha visto alguém tão inconformado com a vida. Não com a vida dela, mas com a situação das pessoas. Eu não tinha a menor ideia do que acontecia no mundo, mas ela entendia do mundo. Ela entendia o mundo, o país, entendia de gente e, principalmente de diferenças. Foi onde eu percebi que era muito perigoso saber demais.

A primeira vez que percebi algo estranho foi quando a vi muito perturbada no dia em que ela e Zeca me levaram para conhecer o centro da cidade. Quando estávamos entrando num bar, ouvimos alguns tiros e um corre-corre danado. Ela tentou sair correndo, nos deixando para trás. Mas Zeca correu e a trouxe de volta. Só dias depois ela me disse que um companheiro tinha sofrido uma emboscada e sido eliminado a sangue frio. Algumas semanas depois, ela me apareceu toda arrebentada em casa, uns militares a surpreenderam.

Ela me dizia que estava lutando por liberdade, mas eu não alcançava o motivo daquela luta, porque no meu mundo eu nunca tinha desfrutado de tanto. Mas passei a ter medo de perdê-la também. Porque depois de você ela é minha única conexão com o que ficou.

Além do mais, ela precisa de mim, Sara. É a primeira pessoa que precisa de mim. Ela tentou me explicar tudo que está acontecendo no país, mas desistiu quando percebeu que tudo aquilo me deixava muito assustada. Eu me surpreendi, quando ela disse que você chegou a ir a alguns encontros escondida do seu pai, mas que desistiu depois que ficou doente.

Toda essa situação causa nela muita revolta. Vive brigando com os pais, que ameaçam a todo o tempo mandá-la para longe caso ela não se afaste do movimento e case logo com seu irmão.

# 20

Por um segundo, fiquei apreensiva quando Dúnia me disse que você escreveu pra ela contando de mim. Mesmo te entregando minha vida, não queria que nossa história fosse anunciada aos quatro cantos. Tudo bem, me desculpe. Você nunca revelaria algo tão nosso.

Esse pensamento veio porque fiquei oca sem você e de mim não saía mais nada que prestasse. A casa também ficou oca, parecíamos fantasmas mudos à sua procura. Esperávamos que você surgisse a qualquer momento.

Claro que seu pai foi o primeiro a reagir e logo começou a cobrar a mesma atitude de Zeca, que, obediente, passou a se comportar como se vivesse em outro mundo, fingindo uma alegria rasa, frequentando festas, bebendo muito e paquerando tudo quanto é mulher que aparecia.

Quanto a mim, seu pai passou a me ignorar por completo depois que o encarei de frente. Era como se eu fosse um móvel daqueles da sala, que estava ali somente ocupando espaço.

Mas tudo que está ruim ainda pode piorar muito, minha cara. Num dia daqueles, Dúnia trouxe Zeca bêbado para casa. Eu ajudei a colocá-lo na cama. Estava numa situação de dar dó: ria e chorava e babava e urinava, até que o corpo se aninhou na cama feito uma criança.

Dúnia desabou exausta na poltrona. Chorou feito criança também, se indignou com a vida, com a sua morte, com a situação do Zeca, com as cobranças dos pais, com a situação do país. Mas logo se recompôs engolindo aquela fragilidade que lhe escapara sem permissão. E para esconder todo aquele escape, me perguntou como eu estava. Havia dias que eu não conversava com ninguém e aproveitei a fuga dos seus problemas para derramar os meus.

Falei sobre a dor insuportável que era viver sem você, sobre como eu não sabia o que fazer da vida, sobre a crueldade de seu pai em não permitir que o Zeca vivesse o luto dele. Desabafei como as perguntas sem respostas sobre minha origem que me angustiavam, o quanto eu estava perdida sem saber se eu acreditava nas histórias lindas que a minha mãe contava sobre meu pai ou naquele pedaço de papel que, por total negligência minha, nunca tinha tido acesso e quando tive não havia lido.

Ela se virou sem nenhum constrangimento e disse apontando para o Zeca:

— Você não percebeu como você se parece com ele? Presta atenção Isabel! Os olhares de vocês dois são idênticos, você se parece com ele muito mais que a Sara.

Eu ouvi aquilo, mas não processei, tentei bloquear totalmente aquela informação. Mas ela continuou:

— Posso dizer o que eu acho?

Eu não respondi, mas ela disse mesmo assim:

— Pra mim é muito claro: eu sempre achei estranha a relação da sua mãe com o tio José Roberto. Ela assumiu o cuidado com a Sara e o Zeca de uma maneira muito intensa depois da morte da tia Eloá. Eles não contestavam as decisões um do outro. Não estou falando de amor e também não acho que eles tinham um caso. Mas eles tinham um respeito mútuo que não existe entre patrão e empregada, um respeito de quem escondia coisas... e essa coisa pode muito bem ser você. De repente eles tiveram algo passageiro, sexo casual, sem importância e ela engravidou. Por que não? Isso é muito comum, Isabel. Mas são só suposições, tá?

Suposições ou não, aquilo me bateu muito ruim. Fiquei muito ofendida por ela pensar que minha mãe poderia ter tido um caso com o patrão. E pra mim era claro que aquela insinuação tinha uma única intenção: afastar Zeca de mim.

Avancei nela sem pensar, dizendo para ela respeitar a minha mãe, que ela estava dizendo aquelas mentiras porque estava com ciúmes de Zeca, que queria me ver longe dele. Disse a ela que eu era fruto de um grande amor, que tinha sido muito desejada e não de caso passageiro sem importância e que minha mãe não me esconderia de nada nem de ninguém, jamais! Gritei chorando, tremendo e sem nenhuma convicção nas palavras que saíam da minha boca. Olhei para Zeca bêbado desgovernado e saí aflita. Desci aquela maldita escada como pude, abri o portão e saí pela rua gritando. Minha vontade era só de sumir. O que seria de mim se aquilo tudo fosse verdade? Por que ela achava que podia falar assim da minha mãe? Perdida nos meus devaneios, ouvi o chamado dela atrás de mim. Eu andando, ela atrás pedindo para eu escutá-la, e eu pedindo para ela sumir da minha frente.

— Olha Isabel eu posso estar errada, claro que posso! Mas também posso estar certa. Isso tudo faz muito sentido na minha cabeça. Você também está perdida com o fato de no seu registro não constar o nome do seu pai. Vamos investigar! Eu te ajudo. Bel, se você não quisesse a verdade não teria me contado tudo aquilo. Talvez nem estivesse mais aqui. Eu só te falei o que pra mim é óbvio, mas eu também posso estar enganada. Deixe eu te ajudar de alguma maneira.

# 21

A relação entre mim e seu pai era fria e intensa. Ele não gostava de mim, não me queria por perto, não deixava de me enfrentar, mas tinha medo. Eu sentia esse fio de medo no seu olhar, que era raro e no canto da boca, levemente trêmulo.

Nossa comunicação era assim: eu perguntava alguma coisa, ele respondia outra. Aí eu aprendi. Quando ele me perguntava alguma coisa eu respondia outra também.

Um dia nos encontramos no café da manhã depois de dias sem vê-lo. Ele fingiu não me ver, com o rosto escondido atrás do jornal. Eu tomaria o meu café e sairia da mesa como se ninguém estivesse ali. Mas depois da conversa com Dúnia e com a cabeça fervendo, resolvi tentar tirar alguma informação dele. Fui direta e perguntei:

— Como você conheceu minha mãe?

— Eu vou pagar todos os direitos trabalhistas da sua mãe, que você está reivindicando, e depois quero que você deixe essa casa, quero que volte de onde veio. — respondeu com o rosto ainda escondido no jornal.

— Sara tomava café sem açúcar, mas eu não consigo. Como o senhor prefere?

Ele dobrou o jornal com cuidado, colocou sobre a mesa e ameaçou me deixar falando sozinha, quando perguntei novamente:

— Como o senhor conheceu minha mãe? Por que ela veio trabalhar aqui?

— Não sei como ela veio parar aqui. A Eloá me disse que ela apareceu no portão pedindo emprego. A Eloá gostava de todo mundo logo de cara e a contratou. Acho que foi isso.

— O senhor acha?

Como fui muito dissimulada, ele começou a se alterar.

— Olha aqui menina, a dona Otília era uma empregada doméstica nessa casa e exerceu a função de maneira exemplar todos esses anos. Reconheço a sua importância na vida dos meus filhos com a perda precoce da mãe. Mas eu também fui impecável na minha função de patrão a remunerando muito bem. Tenho certeza de que ela não tinha do que reclamar. Só estou cedendo a essa exigência e suportando você nessa casa porque isso foi um pedido da Sara.

Insisti:

— E o senhor sabia da minha existência?

Ele respondeu me virando as costas.

— Não. Não sabíamos nada um da vida do outro. Só falávamos sobre a casa e meus filhos, único assunto que tínhamos em comum a tratar.

Depois disso, ele se levantou e saiu de casa.

Da boca dele jamais sairia qualquer informação que me levasse às minhas origens.

# 22

Depois de muito pensar e conversar com Dúnia, imaginei que a única pessoa que poderia esclarecer alguma coisa sobre minha origem era minha vó. Mas se ela escondeu a vida inteira minha certidão de nascimento e não me disse nada nem após a morte de minha mãe e nem me vendo partir, é porque realmente não poderia dizer ou tinha medo de dizer.

Minha cabeça explodia tentando encaixar o que eu tinha vivido até ali com o que Dúnia achava. Eu procurava por um fio que ligasse esses pontos, alguma coisa incomum, e logo tudo virava uma bagunça danada na minha mente, sem chegar a nenhuma conclusão. Até que um dia, tomando um café com Dúnia, contei a ela o sestro de minha avó encostar a caneca ainda quente no rosto. Fiz do mesmo jeito para matar a saudade e veio uma lembrança das últimas palavras que minha vó me disse: para eu seguir meu caminho procurando respostas e que, com certeza, minha mãe as tinha deixado em algum lugar.

Claro! Ela sabe de alguma coisa, claro que sabe. Mas nunca abrirá a boca se fez dessa informação a sua palavra como garantia. Mas onde minha mãe deixaria uma pista ou uma resposta? Nas coisas dela que você me levou não tinha nada, porque eu olhei e revirei tudo aquilo muitas vezes. E aquele oco na minha história se prolongava, me tirando a consciência de quem eu era e muito do que eu poderia ser.

Aquela agonia ainda durou dias me tirando o sono e a sanidade. Não conseguia me concentrar em mais nada. Até que um dia, ali sozinha, olhando a noite da sua janela, lembrando de você chegando exausta lá em casa com aquela mala na mão, de como você fez tudo se revirar dentro de mim... lembrei de você me dizendo da devoção da minha mãe fazendo aquela colcha de retalho e de como ela fez você prometer que ela chegaria nas minhas mãos... e um estalo veio! Eu me revirei ali de uma ansiedade e um medo arrebatador. Claro que ela deixou alguma coisa aqui dentro desta colcha. Ela deve ter te falado alguma coisa, não é mesmo? Caso contrário, você não teria saído daqui doente só para me entregar em mãos essa colcha. Poderia muito bem ter enviado por um portador. Mas você precisava me entregar pessoalmente.

Mas eu não tive coragem para abrir. Esperei por Dúnia, não conseguiria fazer isso sozinha. Quando eu contei o que estava pensando ela logo me disse feliz:

— Claro que pode ser! É uma possibilidade. Com certeza é um lugar muito seguro para ela esconder uma informação como essa. Olha como ela é grossa deve ter muitas camadas aqui. E sim, vamos abrir essa colcha Isabel.

# 23

Dúnia é a mulher do possível. Não descarta possibilidades, muito menos acha alguma coisa difícil. Avança nos próprios medos feito fera. Por isso, vive machucada, mas precisa da fervura do sangue para seguir. Perto dela, eu encolhia e expandia, só que tudo ao mesmo tempo com o fôlego por um triz.

Descosturei aquela colcha ponto por ponto, puxei fio por fio. Não tinha ideia do que estava procurando e muito menos do que acharia. Comecei a falar sozinha, precisava ouvir de mim mesma o que me reafirmaria no mundo: eu sou Isabel, tenho vinte e um anos, sou filha de Otília e vivi até aqui no sertão, fui criada pela minha avó, enquanto minha mãe trabalhava em São Paulo para me mandar o sustento. Minha mãe sempre me disse que eu era fruto de um grande amor e que meu pai morreu quando eu ainda era muito pequena, mas agora, sem minha mãe, nada mais se encaixa.

Eu ouvia minha voz, eu sabia que aquela tinha sido a minha vida até ali, tudo estava no lugar. Mas já não era eu.

A ansiedade fazia morada no meu corpo, o medo e qualquer outra possibilidade que pudesse encontrar ali abalavam meus nervos, o meu queixo batia, eu tremia de frio e suava de calor ao mesmo tempo.

A primeira parte descosturada não mostrava quase nada. Mas depois que desmanchei todo um lado da colcha pude ver que o forro era também bordado.... tinham letras bordadas. Passei toda a noite naquela lida. Dúnia ia e voltava na ponta dos pés do quarto de Zeca, que dormia pesado depois de mais um porre. Ela sugeriu que eu cortasse aquilo para acabarmos com aquela agonia, mas eu não queria estragar o trabalho que minha mãe levou anos fazendo. Eu reconstruiria toda a colcha depois.

Quando descosturei o segundo lado, Dúnia logo percebeu que era uma mensagem e que minha mãe assinava no final, o que me encheu ainda mais de curiosidade. Quando terminei e abri totalmente, o dia já estava amanhecendo. Pude ver o forro todo bordado, reconheci a letrinha de mãe. Era uma outra colcha branca dentro da colcha de retalhos. Ela escreveu com a letrinha dela em pedaços de tecidos brancos e bordou por cima contando toda a verdade. Deve ter ficado com medo de eu não entender a mensagem, ou eu lavar a colcha e a mensagem se apagar.

A atitude, a coragem e a preocupação dela para que a verdade chegasse até mim foi ímpar, mas a verdade pura em si me desmontou por inteira.

Eu tenho em mim, Sara, todas as dores do mundo. Porque a dor de ter vivido longe da minha mãe é uma, a dor de tê-la perdido é outra, a de perder você é outra e a verdade ali na minha frente era outra. Aquela mensagem indelével despertou em mim muita coisa ruim, que vou levar muito tempo para limpar. Se é que isso será possível.

Peguei aquele tecido todo bordado, desci as escadas, cobri a mesa de jantar e esperei o dono da casa para o café da manhã.

# 24

O seu pai me trocou por você. Essa é a verdade, minha cara.

Você é a filha verdadeira de minha mãe Tila. E eu... ainda não consigo dizer quem eu sou.

Eu nasci doentinha, fraca demais, tive uma convulsão. Eloá, desesperada e exausta depois de um parto muito difícil e já dando sinais de uma depressão, achou que eu não respirava mais e convenceu o seu pai de que não havia mais vida em mim. Então, ele me pegou dos braços dela e saiu à procura de socorro. Mas o que ele encontrou foi uma solução.

Ele também ficou desesperado com a situação, porque sabia que a mulher não resistiria a essa perda. Ficou desorientado, zanzando no jardim de um lado para o outro, tentando pensar em alguma saída, enquanto ouvia os gritos de desespero da mulher.

Quando abriu o portão, deu de cara com mãe Tila também desesperada, também com uma recém-nascida nos braços, pois a antiga patroa a tinha colocado na rua com uma mão na frente e outra atrás depois de ter dado à luz. Os dois estavam desesperados. Ele com uma bebê quase morta nos braços e ouvindo os gritos da mulher, ela com uma bebê viva, mas sem um tostão e sem ter para onde ir. Ali, sem nunca terem se visto, sem saberem absolutamente nada um do outro, firmaram um pacto de salvação e silêncio. A mãe Tila honrou até o fim e o seu pai teria honrado se não fosse por mim.

Ela daria a filha sã para substituir a criança "morta", com a condição de trabalhar na casa e acompanhar o crescimento como babá e nunca, mas nunca, diria uma só palavra para a mulher e a filha.

Mesmo desesperado, ele era o lado mais forte e acabou impondo suas vontades e regras. Foi o negócio mais bem feito de toda sua vida, com cláusulas muito bem definidas, sem nenhum contrato assinado. Ali ele leu nos seus olhos que ela era uma mulher de palavra.

E assim foi feito. O senhor José Roberto voltou para casa com uma criança viva, você. E mãe Tila foi para o quarto dos empregados no fundo da casa com uma criança morta, eu. Ele voltaria dali algum tempo para pegar o corpo e tomar as devidas providências.

Quando mãe Tila entrou no quarto e se deu conta do que realmente tinha acontecido, ela começou a chorar abraçada àquele corpo miúdo sem saber o que fazer. Mas o pacto havia sido feito. Eloá acordara de um desmaio e muito fragilizada se acalmou com o seu chorinho. Então o seu pai não quis voltar atrás. Afinal você era uma criança sã e eu com muitos problemas de saúde e com certeza não sobreviveria muito tempo.

Mas ele não contava com o amor curador de Mãe Tila, porque se ele fez um pacto com ela eu também fiz. Ali, no dia em que meu olhar alcançou o dela. Ela ficou naquele quartinho só cuidando de mim por dias, me lambendo como um animal, me amamentando com aquela potência que era o seu leite. E enquanto ele esperava que eu morresse para se livrar de mim eu me fortalecia feito um milagre de amor. Depois de três meses, ela me mandou para minha avó me criar com a promessa de que nada me faltaria e ficou perto de você. Essa era a mensagem que estava bordada dentro da colcha. E, sim, Eloá percebeu que era outra criança. Ela deixa bem claro isso no seu diário. Ela preferiu achar que aquilo tudo era uma prova de amor. Foi conivente ou não teve forças para lidar com a verdade.

Hoje eu sou só perguntas que nunca serão respondidas. Como você reagiria a toda essa podridão? Será que você sabia de alguma coisa e, por isso, me trouxe para cá? Será que minha mãe pretendia acabar com essa farsa um dia? Ainda não consigo medir perdas, ganhos, raiva, mágoas, dor. Sara, ele seguiu a música: recomeçou do zero com você e sem nenhum arrependimento.

E eu não tenho para quem gritar, pra quem denunciar, porque essa história não interessa a mais ninguém e parece que tudo isso é uma atrocidade só para mim.

Eu gritei esfregando a verdade na cara dele, exigi uma explicação e ele me virou as costas como resposta.

Mais uma vez, me cobri de ódio, Sara, era a única coisa que a vida me permitia. Odiar! Mas, dessa vez, vieram sentimentos tão profundos e tão devastadores que eu nem sabia que existiam e que eu era capaz de sentir. Meu coração se transformou numa incubadora, aquecendo e alimentando aquele sentir, aquela dor. Toda aquela sujeira me arrastando para atitudes e pensamentos extremos. Depois de tantas perdas, eu não tinha forças para me salvar daquele abismo que se formou ao meu redor. Não sabia como expulsar toda aquela podridão de dentro de mim para seguir adiante. De nada adiantava chorar, gritar, se revoltar com aquela situação. Ele nem me ouvia, não sofria e nem tentava entender todo aquele meu desespero. E o pior de tudo, não se arrependia de ter me deixado para trás. Então, a única coisa que me pareceu digna foi me vingar. Sim, pensei mesmo em vingança. Precisava vê-lo sentir alguma coisa, imaginei que se ele sofresse muito me ouviria. Então fiz mil planos para me vingar dele. Planejei como roubá-lo, deixando-o na miséria. Precisava ver como ele se sairia sem um tostão no bolso, para quem ele daria ordens, quem compraria. Planejei sequestrá-lo, torturá-lo. Queria ver o terror nos seus olhos. Planejei desmoralizá-lo, queria ver como a tal sociedade o veria diante da sujeira que ele escondeu a vida toda debaixo do tapete. Planejei forçá-lo à minha presença, para mostrar a minha força diante do desprezo dele. Fritei meu cérebro com muitos planos, mas acabei desistindo, porque percebi que viver sozinho para ele era um castigo maior. Deixei que seus fantasmas fizessem a minha vez ali. Eu seria um algoz medíocre diante do mal que ele é capaz de fazer a si próprio. Além do mais, você o amava e se decepcionaria com meus planos em ação. Então eu desisti, por você e pelo Zeca.

O senhor José Roberto é uma grande ilha, se desprendeu de qualquer coisa que não fosse a verdade que ele criou. Se cercou de pessoas amorosas como a sua mãe, a minha mãe, você e o Zeca, se alimentando do amor e do silêncio de vocês por todo esse tempo. Mas foi incapaz de devolver qualquer sinal de compaixão para o mundo.

Não consigo imaginar nenhum tipo de relação entre nós dois, nem de pai e filha, nem de grandes inimigos. Por isso desisti de fazer qualquer coisa contra ele, seria tudo uma enorme perda de energia e, depois de você, entendi que nada na vida pode ser em vão.

# 25

Enquanto a dor teimava em rasgar o meu peito, Zeca teve uma ideia infantil e muito carinhosa: nós ainda não tínhamos conseguido conversar sem choro e gritos e ofensas e muito sofrimento. Então, depois de alguns dias, ele me levou ao parque de diversão que vocês iam sempre quando criança.

Aquele lugar mexeu tanto com todos os meus sentidos, trouxe à tona a menina amuada e complexada que eu fui. As cores vivas, o cheiro doce, os gritos alegres daquelas crianças, tão diferentes da criança que eu fui. Era quase possível tocar e sentir as migalhas de felicidade que a vida tinha reservado pra mim. Elas estavam lá, feito uma névoa finíssima, invisível a olho nu, mas eu via.

Não me lembro de alguém ter me falado da existência de um lugar assim e aquele gesto amoroso do Zeca abriu o caminho para nossa amizade ser o que é hoje.

Lá no alto da montanha russa, quando ela estava a caminho do despenhadeiro, ele disse segurando a minha mão:

— Grita Bel, deixa essa dor sair, grita! Grita forte! Põe tudo isso pra fora.

E eu gritei!

Gritei, gritei e gritei muito forte e também desabei, mais uma vez. Derramei o meu pranto sem qualquer constrangimento. Saí dali leve, zonza e sem saber o que fazer depois daquela experiência. O passeio estava apenas começando e, depois de muitos brinquedos, sentamos no chão e ficamos em silêncio em frente a um lago lindo.

Imagina o Zeca em silêncio? Durou pouco. Logo ele desatou o nó que também tinha na garganta.

— Bel, eu entendo a sua dor, com certeza não sobreviveria a tudo que você está passando. Mas na verdade, eu estou feliz. Você ser minha irmã é a melhor coisa que poderia me acontecer. Perder a minha mãe foi muito estranho, porque eu era muito pequeno e não entendia direito o que estava acontecendo. Com a morte da Babá ficou um vazio e a sensação de impotência muito grande. Mas com a Sara, você sabe como foi devastador. Eu sinto tanta saudade, a falta que ela me faz é imensurável. E aí, de repente, vem você que eu adoro e ainda é minha irmã. Não vou fingir que eu não estou chocado, mas não acho que isso é horrível, ao contrário, é maravilhoso. Agora nós temos um ao outro e eu espero, de verdade, que um dia você possa ficar feliz com isso também.

— É bom tê-lo como irmão... eu só preciso me acostumar.

Silêncio.

— Não faça nada contra o meu pai. Ele não é um homem ruim, só é um homem que não superou a perda de um grande amor. Se você tivesse acompanhando o sofrimento dele vendo minha mãe definhar de tristeza, e ele com tantos recursos sem conseguir fazer nada, acho que você entenderia. Ele fez de tudo para salvá-la, mas ela não queria mais viver. Ele não conseguiu superar.

— Você coloca os fatos de uma maneira muito simplista. Do jeito que você fala nem parece que o que ele fez foi monstruoso. Você não se pergunta por que ela não queria mais viver? Pois eu te respondo: porque o amor dele era doentio, ele a tirou da vida livre que ela amava e a levou para a vida que ele queria que ela tivesse. Foi esse amor, a maternidade que ela não sonhou em viver, o peso da família e a personagem que ela precisava representar para a sociedade que ele queria fazer parte. Mas aí, um dia ele acordou e o passarinho estava morto na gaiola dourada.

— Eu entendo sua dor, mas eu conheço a dele de perto também. Muitas vezes, à noite eu escutava do meu quarto o choro dele, eu levantava e ia até ele. Eu o abraçava até a gente pegar no sono. Acho que sou a única pessoa que o viu tão fragilizado. Ele chorou muitas vezes no meu colo, enquanto eu passava a mão na sua cabeça. Ele só aceitava o meu afeto porque era um segredo nosso. Ele precisa de mim, Bel. E eu não vou virar as costas pra ele agora, por mais terrível que seja o que ele fez com você. Eu preciso de vocês dois.

— Seu pai foi capaz de enterrar três mulheres sufocadas com a verdade. Mas ele não me enterrará.

— Talvez elas tenham escolhido o silêncio. Já pensou nisso? Por isso, eu nunca vou amar ninguém assim. Não dessa maneira que vocês amam. Olha o que esse amor fez com meu pai! Ele nunca mais teve um relacionamento com ninguém. De certa maneira, ele também está morto, Bel. Por isso eu não me apego a ninguém. Me envolvo sempre com mais de uma mulher e quando começa a ficar mais sério, ou eu desapareço da vida delas ou apronto para elas desaparecerem da minha. Assim é melhor pra todo mundo.

— E a Dúnia?

— Ela é uma grande parceira. Mas quem namora e noiva são os nossos pais. Nós queremos outra vida.

— Então, debaixo de todo seu lado sedutor tem mesmo é um poço de fragilidade e muito medo, né? Eu não te pediria que o abandonasse e também não quero ficar no meio de vocês dois. Mas eu te peço, como irmã, que você não se abandone. O que aconteceu com ele não vai se repetir com você. Além do mais, com esse comportamento você pode magoar muita gente por aí. Obsessão não é genética e essa sua atitude não combina com a pessoa que eu sei que você é. Não precisa amar como ele amou. Encontre o seu jeito e a sua medida de amar.

— Prometo pensar no assunto se você aceitar o meu presente. Eu comprei uma casa pra você. É uma casa de vila, não é muito grande, mas é sem escadas, tem quintal e você ainda pode fazer um jardim na frente, plantar uns girassóis. O sol invade a sala todas as manhãs e antes de você me dizer que não quer nada do senhor José Roberto, eu já vou te dizendo que eu comprei com o meu dinheiro. E presente de irmão não se recusa. Faz mal, como diria a Babá.

Eu disse não várias vezes, mas acabei aceitando o presente do Zeca. Eu não poderia dizer não para um amor que estava brotando entre nós. Já perdi pessoas e tempo demais, Sara. E também decidi ficar mesmo por aqui. Isso ficou bem claro outro dia, quando vi uma pessoa como eu num mercado. Ela trabalhava como se tivesse nascido para aquilo, ninguém a olhava além de mim. Aqui tem muitas de mim, eu não sou só a menina aleijada. Eu sou apenas mais uma que pode trabalhar e ter uma vida digna e normal.

# 26

Às vezes me sinto diferente, com uma réstia de disposição correndo nas veias, me impulsionando para fazer algo, para corrigir as coisas, e a única maneira de corrigir tudo é seguir em frente.

Depois que todas as verdades invadiram nossas vidas e seu pai permaneceu impermeável a qualquer diálogo, a um mísero pedido de perdão, eu resolvi partir. Perceber que eu poderia partir e recomeçar quantas vezes fosse preciso acabou me fortalecendo de alguma maneira.

E coisas boas acontecem, minha cara. E elas vêm de onde menos se espera.

Zeca desceu primeiro com a minha mala e eu fiquei um pouco mais no seu quarto, precisava me despedir do seu cheiro, que insistia em dançar por aquelas paredes. Eu me lembrei de cada momento que vivemos ali. Mas, pela primeira vez, não chorei.

Como você mudou a minha vida!

Há alguns meses eu estava saindo do sertão para sua casa e agora da sua casa para minha casa. Quanta coisa eu tinha vivido nesse quase um ano.

Desci as escadas com a colcha de retalho na mão e, para minha surpresa, seu pai olhava pela janela. Sem se virar de frente para mim, disse:

— Essa caixa que está na mesa é sua. E antes de você dizer que não quer nada de mim, é o diário da Eloá, onde ela escrevia cartas para você.

Eu ensaiei dizer algum desaforo, mas preferi deixá-lo naquele pântano azul, mergulhado até o pescoço na hipocrisia de cada dia.

Agarrei a caixa e saí abraçada com o que restou de minhas mães: a colcha e o diário. Pior que não sentir amor ou gratidão ou ódio por um pai é não sentir nada.

# 27

Nós não tínhamos tempo para esclarecimentos, só queríamos viver aquele turbilhão manso que fazia festas dentro do peito, parar o tempo e sentir aquele vento no fim da tarde entrar pela janela e dançar timidamente para nós. E assim foi. Nossos últimos dias foram tristes e lindos e amarelados. Fiquei tão encabulada quando você me disse que os sentimentos acontecem entre pessoas e que nós não éramos as únicas no mundo a viver aquela experiência. Pra mim o que estávamos vivendo era errado, mas era único e lindo e eu queria muito aquele amor. Depois pensava: por que é errado se é amor? Se é tão bonito? Se me faz feliz? Uma confusão danada nos meus pensamentos. Mas depois que você se foi, parei de me questionar. Primeiro porque achei que comigo não aconteceria nunca mais nada parecido. E depois que toda a verdade veio à tona, eu sei o que realmente foi errado nessa minha existência.

Mas queria te contar que fui numa festa pela segunda vez. A primeira foi a nossa, claro! Ontem foi aniversário do pai de Dúnia e ela e o Zeca fizeram questão que eu fosse.

O mundo tem gente de todo jeito, não é mesmo? E aquela gente de Dúnia é diferente demais. Achei tão engraçado eles comerem semente de abóbora. Tirando isso, a comida é muito boa, as mulheres são lindas, fiquei impressionada com as cores, o brilho e as roupas delas. A música é de arrepiar, provoca na gente uma vontade de sair dançando.

Descobri que eu gosto de conhecer coisas diferentes, isso atiça minha criatividade e minha imaginação. Depois disso tive muitas ideias para as minhas rendas.

O seu pai circula com muita facilidade entre aquelas pessoas, mas o engraçado é que eu achei ele muito menor fora da casa azul. De repente aquele gigante sem coração que comanda tudo e a todos era só mais um ali naquele meio. Ele me ignorou e eu também fingi que ele não existia.

Lembrei muito da nossa festa e fiquei me perguntando como uma pessoa igual a você, acostumada com aquela vida, pôde fazer tudo aquilo por mim. Mas, quando eu estava perdida nos meus devaneios, fui abduzida para um universo completamente surreal... levei um susto danado. De repente, o volume da música subiu, as mulheres começaram a fazer um barulho estranho com a língua e Dúnia apareceu dançando, coberta com um véu transparente. Era uma homenagem para o pai. Fiquei hipnotizada com aquela cena. Quantas mulheres existem dentro daquela mulher? Ela é militante, motoqueira, briguenta e, de repente, surge como uma mulher deslumbrante, uma filha colorida dançando um ritmo empolgante para homenagear o pai que ela chama de Baba. É uma encantadora de pessoas essa Dúnia.

Seduz com a dança, com o corpo, com o olhar, com tudo. O que ela faz com o corpo alcança a distância que ela quer.

Foi um espetáculo: um corpo são, obedecendo aos comandos dela, como um servo. Fiquei muito emocionada com a força e a beleza que ela carrega dentro de si. Ali, eu conheci a fome do meu coração.

O mundo está descortinando diante dos meus olhos, minha querida. E essa São Paulo é feita de muitos mundos.

# Cartas de Eloá para Izabel

Filha,

Hoje você faria um ano
e eu me pergunto
quantos dentinhos você teria,
se já estaria andando,
me chamando de mamãe.
A dor de vê-la parar de respirar nos meus braços
ainda lateja no meu coração
e de vez em quando abala os meus nervos.
Mas o seu pai achou uma maneira muito linda
de amenizar essa dor
com uma prova de amor tão grande,
que consumiu o meu discernimento e,
quando dei por mim, tudo já estava resolvido
e pronto para seguirmos em frente.
Tudo sem dizer uma palavra.
Você me entenderia se conhecesse o seu pai.

Ele saiu com uma de você morta nos braços,
me deixando aos prantos.
Depois de não sei quanto tempo,
voltou com outra de você.

Uma menina linda e gulosa,
com uma vivacidade capaz de impressionar
e calar qualquer pranto.
Ele me olhou nos olhos e disse sem
segurar o pranto também:
"Ela voltou a respirar... milagre meu amor...
ela está viva, nossa menina está viva".
Ela usava as suas roupas
e me olhava com os olhos vivos,
mas eu jamais confundiria você
com qualquer outra criança.
O seu pai a colocou rapidamente no meu
colo, para criarmos um vínculo,
e nesse movimento nossos olhos se
encontraram e permaneceram paralisados.
Nenhuma palavra foi dita e tudo ficou entendido.
Depois, um choro feroz explodiu o silêncio.
Eu tinha uma filha no colo.

Quero que saiba que seu lugar no meu coração
nunca será preenchido.
Ele é seu e eu ainda busco o seu cheirinho
nos meus momentos de profunda tristeza.
Sei que o universo ainda cruzará os
nossos destinos de alguma maneira.

Os homens não sabem
o poder de ver uma criança sair das suas entranhas.
Você sair de dentro de mim
foi a sensação mais esplêndida da minha vida.
Por isso, eu reconheci de imediato
que aquelas mãozinhas não eram as suas,
que aqueles pezinhos não eram os seus,
que aqueles olhinhos não eram os seus,
embora todos os recém-nascidos sejam bem parecidos.
Mas o ato de amor do seu pai para
que eu não morresse também,
aquela outra bebê faminta nos meus braços,
eu entendi que deveria dar uma outra chance à vida,
ao seu pai
e àquele bebê que eu não sabia como
tinha parado em meus braços.

Sua mãe, Eloá

Filha,

Eu queria saber o que foi feito do seu corpinho
mas não tenho coragem de tocar
nesse assunto com seu pai.
Mesmo com a Sara nos meus braços e a vida em paz,
por muitos dias, eu tive a impressão de
ouvir o seu chorinho fraco como se
estivesse por perto.
A sua ausência cresce a cada dia.
Às vezes, sorrateira, ela sai do meu peito, desce as
escadas, passeia pelo jardim, a alma se alegra.
Mas ela volta para dentro de mim,
como se eu fosse sua guardiã.

Sua mãe, Eloá

Filha,

O seu pai quer muito um outro filho,
mas eu tenho muitas dúvidas sobre
colocar outra criança no mundo.
A maternidade não é tão mágica assim.
Ela suga todas as minhas forças
e me sinto incapaz.
Amo a Sara profundamente
mas não gosto das obrigações de mãe.

Eloá

Filha,

Hoje sonhei com você ainda recém-nascida
nos meus braços.
Você nasceu nos primeiros minutos de aquário
e se estivesse viva, seria uma
menina otimista e criativa.
Pelo menos é o que dizem os astros.
Fico pensando se o seu cabelinho claro escureceria,
se você gostaria de poesia como eu,
ou
das tragédias gregas como seu pai.
Você é uma lembrança viva dentro de mim
e sei que o universo ainda nos dará uma chance.

Sempre com amor, Eloá.

Filha,

Hoje é a festa junina dos seus irmãos.
Eles estão eufóricos e a caráter.
Sei que a Sara dançará lindamente e que
o Zeca não dará um passo implorando por colo.
Eles são maravilhosos e tenho certeza de que
você os amaria tanto quanto eu e seu pai.
.
Eles são tudo na minha vida,
mas sempre faltará você.

Sempre com amor, Eloá.

Filha,

As coisas estão ficando tão difíceis,
sinto uma tristeza tão grandes às vezes,
que não sei colocar em palavras.
Tristeza de tristeza.
Uma falta de coragem para encarar a vida, sabe?
Mas vai passar.
Hoje seu pai me presenteou com
um disco dos Mutantes.
Ele sabe que a arte me traz um alívio muito grande,
pelo menos quando estou diante dela.
Mas isso já é muita coisa.

Sua mãe, Eloá

Filha,

Faz tempo que não te escrevo, né?
Ando fraca demais.
Há dias que não levanto da cama,
agora sinto muito medo de tudo.
Os remédios me fazem dormir, mas me
deixam imprestável para a vida.
Nem dos seus irmãos consigo cuidar direito.
A sorte é que temos um anjo para nos ajudar. Uma
mulher boa, simples, que cuida muito bem das
crianças e até de mim enquanto seu pai trabalha.

Sua mãe, Eloá

Filha,

Hoje sou feito matrioska.
Todo dia do seu aniversário me abrem o peito
e tiram de lá uma Eloá menor.
Depois de sete anos eu sou a menor de
todas e sinto que logo vou desaparecer.
O entendimento das coisas me escapa às vezes.

Eloá

Agradecimentos

*Agradeço a mentoria da Yara Fers. Assim como as leituras prévias de Eliane Andreoli e Gasparina Sabino. Um agradecimento especial para Andréa Mendes e André Mantovanni, sempre os primeiros leitores dos meus escritos e ao apoio incondicional de Davi, Cecília e Laura.*

Este livro foi composto em Minion Pro
e impresso em papel pólen bold 90g/m²,
em abril de 2024.